无界文库

028

Heart of Darkness

黑暗的心

Joseph Conrad

[英] 约瑟夫·康拉德 著

黄雨石 译

中信出版集团 | 北京

图书在版编目（CIP）数据

黑暗的心 /（英）约瑟夫·康拉德著；黄雨石译.
北京：中信出版社, 2025.7.（2025.9重印）--（无界文库）.
ISBN 978-7-5217-7818-2

Ⅰ.I561.45

中国国家版本馆CIP数据核字第202539HL38号

黑暗的心
（无界文库）

著　者：　[英]约瑟夫·康拉德
译　者：　黄雨石
出版发行：中信出版集团股份有限公司
　　　　　（北京市朝阳区东三环北路27号嘉铭中心　邮编　100020）
承印者：　嘉业印刷（天津）有限公司

开本：787mm×1092mm 1/32　　印张：8.75　　字数：96千字
版次：2025年7月第1版　　　　　印次：2025年9月第2次印刷
书号：ISBN 978-7-5217-7818-2
定价：29.00元

版权所有·侵权必究
如有印刷、装订问题，本公司负责调换。
服务热线：400-600-8099
投稿邮箱：author@citicpub.com

中译本序

黄雨石

约瑟夫·康拉德（Joseph Conrad，1857—1924），原籍（沙俄统治下的）波兰，其父是一位爱国诗人，曾翻译过莎士比亚及雨果的作品，后因在华沙参加波兰民族委员会的秘密政治活动，全家遭沙俄政府流放，其时康拉德年仅四岁。其后，康拉德父母相继去世，不得不由舅父收养。他多次表示愿上渔船工作，1874年终于离开波兰，前往法国的马赛学习航海。幼年艰辛生活的经历以及始终不能安于异国环境的心情，使他患下严重的抑郁症。

1878年4月，他开始在一条英国船（马菲斯号）上工作，不久随船到达英格兰。其时他不过二十岁，勉强能讲点不能成句的英语。此后十六年他一直在英国商船上工作，曾在不同的船上担任重要职务。他于1886年正式加入英国国籍。据说康拉德到英国不久便立志要用英语写作，没过几年，他便写出了第一个英语短篇故事《黑人大副》，但未发表。他的第一部英语长篇小说《阿尔迈耶的愚蠢》，于1892年脱稿。尤其令人奇怪的是，他在接连发表了几部作品后，竟然获得了"英文散文大师"的称号。

康拉德一生所写作品甚多，以中篇小说为主，其中有许多至今仍被文学史家视为英国中篇小说的典范。作品内容主要是他多年海上的亲身经历。康拉德自己曾说,他从来不会编造任何故事。但事实上,他也从来没有不加处理,照原样使用过他的素材。他较重要的作品除这里所介绍的《黑暗的心》外,尚有《"水仙号"上的黑水手》《吉姆爷》《台风》《诺斯特罗莫》《间谍》《在西方的注视下》等。他在创作上的主要特征,是出色的环境描写和细腻地刻画多半是处在海上险恶环境中的人物的心理活动。他的作品含有社会批判的因素。但由于他把人生看作一场同自然力的斗争,即使胜利了,也毫无结果,因此,他不可能揭示出真正的社会矛盾。或者也可以说,因为这个缘故,他的全部作品,包括这里的《黑暗的心》,都带有浓厚的阴郁、悲观色彩。

《黑暗的心》是康拉德最重要的作品之一,在英国文学史上占有颇重要的地位。T. S. 艾略特《荒原》的创作,便颇受这篇小说的影响。这部作品写于1899年，以他1890年的一次"灾难性的刚果之行"为主要依据。其中许多情节都属事实，甚至接回代理人一事也非虚构。这一趟旅行对他的思想产生了极大的影响。许多年后，这趟旅行还始终像一个可怕的噩梦扰乱着他的神思。据说，他从此便怎么也无法忘却他那次亲眼所见的人类堕落的可怕情景。因此，这部作品的主调是十分明确的。作者强烈谴责了帝国主义分子掠夺殖民地的无理和凶残，并以爱憎分明的态度描绘了那些白人的贪婪、无耻、愚蠢、下流、疯狂，同时表示了对被掠夺、被压迫的黑人的深切同情。

我们看到整个故事是以经理和库尔茨之间的矛盾为中心的。但是，这两人之间的矛盾仅仅是情节发展的一条线索，是表面现象，透过它，我们可以看到各种各样错综复杂的矛盾冲突：殖民主义的死硬分子（以经理为代表）和受蒙蔽的下层工作人员之间的矛盾，欧洲"文明"（以库尔茨等白人为代表）与非洲原始文化之间的矛盾（结局是貌似强大的欧洲"文明"被事实上具有强大生命力的非洲黑人原始文化所包围、瓦解、吞噬），西方与东方的矛盾，以及库尔茨本人内心深处的矛盾，等等。这种种的矛盾交织在一起，使人感到这表面平淡无奇的叙述下面，埋藏着无比深刻的内容，发人深思，耐人寻味。

读康拉德的这部作品，有如考古学家发掘地下宝藏，掘得愈深、愈细，收获愈丰。细心的读者能理会到，书中许多乍看似乎无关紧要的细节描写（例如故事开头处马洛回顾一千九百年前罗马人入侵时伦敦还是一片蛮荒之地的情节），在掩卷细思之后，便觉它们与作品的中心内容息息相关、必不可少。这一点可说是此书在艺术手法上的一个突出成就。它让人感到,整个故事虽仅仅由马洛一人信口讲来,通篇结构却十分谨严,众多的暗笔、伏笔,使得故事前后紧密相连,往复呼应,处处给人以回味无穷之感。

　　书中值得注意的是被称为"经理"的那个人物,他无疑是个刻画得十分成功的资产阶级分子的典型。他唯一的能耐是不生病(因为"他的身子里面什么也没有"),唯一的本领是"能够让每日的官样文章例行不误",唯一的用心是不惜采取一切手段(直至置人于死地),踩着别人的头顶往上爬,唯一的工作是整天钩心斗角,耍着欺骗蒙混、阴谋陷害的手段——让他"哪怕仅用一个小指头去认真干点什么",那可绝对不成。他所信赖的只是那种"肚囊里除了一点稀屎浆子之外……什么也没有"的下属(如那未来的副经理)。在他的眼里,整个世界的存在只有一个目的——为他的升官发财服务。所以像库尔茨那样一个人，他当然是绝对无法容忍的——何况库尔茨似乎还对他和他那位未来的副经理的地位形成了一种威胁。

可是，现在的问题是，对库尔茨这个人物究竟应该如何评价呢？国外评论家似乎说法不一。一般认为作者本人的思想显然比较复杂而且矛盾，加上书中颇多象征性手法，因而对许多问题（其中包括库尔茨的为人，他再次企图逃往荒野的动机，他死前的叫喊"太可怕了！太可怕了！"的含义，等等）都难于找到明确的解答。现代英国文学评论家 C. B. 科克斯在有关康拉德的一篇专论中甚至说："如果我们一定要为库尔茨……的行为提出结论性的解释，那我们便只会损害康拉德作品的复杂深意和他有意安排的含混结局。"但经过反复探讨，我们觉得这些话似乎也不尽然。

关于库尔茨的为人,至少有几点是很清楚的:首先,从某种意义上讲,他是一个正派人,至少他不像其他那些白人,一切只为自己打算(派助手送回大批象牙一事便可充分证明这一点)。其次,他跑到那里去的时候,自己显然确有一番抱负,因为他所说的"这里的每一个站都应该像是设在大路边指向美好前景的灯塔……"等等,必是他的"肺腑之言",否则"经理"绝不至于那样气急败坏,"嗓子眼给卡住说不出话来了"("你听听——这个蠢材!而他还想当经理!")。然而,和故事讲述人马洛的姨母一样,他当然也完全做了什么"光明使者""较低级的圣徒"等"大堆大堆这类的废话"的牺牲品。

受着公司的欺骗宣传(什么"高尚和公正的伟大事业"等等)的迷惑,库尔茨不惜忍受着难以忍受的生活上的痛苦，历尽种种艰难险阻，多次冒着巨大的生命危险去为那个"事业"卖命，但最后他却发现不但这一切全属无稽之谈——这个所谓的"事业"只不过是彻头彻尾的白人对黑人进行的惨无人道的残害和掠夺，他是完全受骗了，而且就因为他不辞辛苦，勤恳地为公司工作，结果却只招来了"这里的这些白人全都对他怀着极大的恶意"！

如果我们这样来看待这个人物，那许多原来觉得含义不明的情节，便似乎并不是那么难以捉摸了。那"太可怕了！太可怕了！"的呼声不过是他在"细致地重温过自己的一生"后感到彻底幻灭、"恍然大悟"时，对自己所属的白人社会所做的最后总结！他在"肃清野蛮习俗国际社"委托他撰写的那篇报告上最后补写的那个结尾，"消灭所有这些畜生！"显然也只能是指那些白人而言。

另外,原作犀利、深刻的文笔,以及作者在作品中所表现的强劲有力、充沛真挚的感情,处处给人留下了难以磨灭的印象。

《黑暗的心》译文曾在1982年第2期《外国文学季刊》上发表,书名原译作《黑暗的内心深处》。因原作文笔确较艰深,且颇多曲笔,译者限于能力,译文一定有不少不妥或甚至谬误之处,敬希诸位读者予以指正。

1983年12月于北京

一

巡航帆艇"赖利号",连帆都没有抖动一下,就吃住锚链,稳稳停住。潮水已经开始上涨,风也差不多已完全平息,这船既然要向河下游开去,现在自然已别无他法,只好停下来等待退潮了。

泰晤士河的入海口,像一条没有尽头的水路的起点在我们面前伸展开去。远处碧海蓝天,水乳交融,看不出丝毫接合痕迹。衬着一派通明的太空,大游艇因久晒变成棕黄色的船帆,随着潮水漂来，似乎一动未动，只见它那尖刀似的三角帆像一簇红色的花朵，闪烁着晶莹的光彩。在一直通向入海口的一望无际的河岸低处，一片薄雾静悄悄地飘浮着。格雷夫森德[1]上空的天色十分阴暗，再往远处，那阴暗的空气更似乎浓缩成一团愁云，一动不动地伏卧在地球上这个最庞大同时也最伟大的城市的上空。

公司派来的那位主任就是我们的船长和东家。当他站立船头向着海那边瞭望的时候，我们四个人都热情地观望着他的背影。在整个那条河上，再没有任何东西能比他更显得充满海洋气息了。他那样子非常像一位领港，这在一个海员看来，就可算是安全可靠的化身。你简直很难想象他的工作竟不是在远处那一派通明的河口湾里，

---

[1] 英国肯特郡西北部、泰晤士河南岸的一座小城。（本书注释若无特别说明，均为译者注。）

却是在他身后那昏黑朦胧的陆地上。

我在别的地方也曾说过，在我们之间存在着一种由海洋生活形成的纽带。它除了经过长时间的分离仍会把我们的心连在一起之外，还使我们彼此都能耐心听着对方信口讲出的故事，甚至对彼此不同的信念也都能容忍。那位律师——一位最招人喜爱的老人——由于他的年岁和许多其他的美德，占据着甲板上仅有的一块坐垫，现在还正躺在那里仅有的一条毯子上。会计早已拿出一盒多米诺骨牌，现在正拿牌垒房子玩。马洛盘着腿坐在船尾的右边，身子倚在中桅上。他两颊下陷，脸色发黄，背挺得很直，显得很能吃苦耐劳的样子，由于他两臂下垂，手心朝外，看上去真像一尊神像。主任看到锚链已吃住劲，便安心地向船尾走来，在我们身边坐下。我们大家懒洋洋地交谈了几句。接着整个那艘帆艇便完全寂静下来。由于这种或那种原因,我们没有开始玩多米诺游戏。我们都仿佛心事重重,对什么都缺乏兴趣,宁愿安静地向着远处呆望。这即将结束的一天,静谧而晴朗,显得一派安详。水面闪烁着宁静的微波。天空一碧万顷,寥廓而莹澈,显得是那样温和。连埃塞克斯沼泽地上空的浓雾也变得像一片雾霭或闪亮的薄纱,撒开它半透明的皱褶,从岸边林木茂密的高地上飘去,直到把低处的河岸全给掩住。只有向西覆盖在上游河道上的乌云,似乎因落日的来临而十分恼怒,每一分钟都变得更为阴森了。

最后,太阳循着一条弧线,以难以觉察的速度慢慢落了下去,它刺眼的白光已变成了一团无光无热的阴暗的殷红,似乎那笼罩在人群上空的浓云的触摸已置它于死地,它现在马上要完全消失了。

刹那间，河水上的景象完全变了，那一派安详的气氛已失去原来的光辉，变得更为深沉了。那宽阔河道中的古老河流，多少世纪来一直辛劳地为它两岸的居民服役，现在却在这一天将结束时，平静地躺卧着，它伸展出去的身躯，完全表现了一条伸向世界尽头的河道的恬静的威仪。我们在观望这可敬的河流时，看到的绝非这短暂的、往而不复的一天的红光，而是那无数不可磨灭的记忆所射出的庄严的光辉。说真的，正像大家常说的，对于一个曾经带着崇敬和热爱的心情"追随着海洋"的人来说，没有任何东西比泰晤士河下游更容易使他回想起过去时代的宏伟精神了。潮汐涨而复落，永不停息地为人类服务，充满了关于被它护送回家休息或者送往海上战场的人和船只的记忆。它熟悉整个民族为之骄傲的一切人，并曾为他们服务，其中包括弗朗西斯·德雷克爵士[1]和约翰·富兰克林爵士[2],他们不管曾受封与否,都可以称得上真正的骑士,伟大的海上游侠骑士。它载过所有那些名字像明珠般在时间的夜空中闪烁的船只,从那艘弧形的两舷中满载珠宝归来并受到女王陛下亲自拜访因而万古留名的"金鹿号",直到为进行其他征战活动一去永不复返的"瑞巴斯号"和"恐怖号"。它认识所有那些船只和船上的人。他们从德福特、从格林尼治、从伊瑞斯出航——有探险家和移民,有皇家的船只和进行贸易的商船,有船长、海军将领,有从东方贸易中浑水摸鱼的神秘的"黑手"和在东印度舰队受过委任的"将军们"。那些追逐黄金或者追求名望的人,手里拿着宝剑,常常还拿着火炬,也都是从这条河上出去的,他们是

——

1 英国伊丽莎白时代的航海家。
2 英国船长、北极探险家。

大陆上权势的使者,是带着圣火火种的人。有什么样伟大的东西不曾随着这河水的退潮一直漂到某个未知国土的神秘境地中去!……人类的梦想、共和政体的种子、帝国的胚胎。

太阳落了下去,一片黑暗降临到河水上空,沿河两岸慢慢出现了灯火。在一片泥滩上,用三条腿架起来的查普曼灯塔射出了强烈的光。灯火和船只在河道上移动——一大片闪烁着的灯光在向上或向下航行。再往西在河的上游,那座硕大无朋的城市坐落的地方,天空仍然留着不祥的标记:阳光中的一片昏黑朦胧,群星下的一片死灰色的闪光。

"还有这儿,"马洛突然说,"至今也一直处在地球的黑暗深处。"

他是我们中间唯一一个仍然"追随着海洋"的人。要讲坏话嘛,我们最多也只能说他不代表自己的阶级。他是一个海员，但他同时也是一个流浪者，而其他大多数的海员却都过着一种——如果我们可以这样说的话——静止不动的生活。他们在思想上总感到自己仍是待在家里，他们的家也永远跟随着他们——那就是他们的船只；他们的国家也一样——那就是大海。一只船和另一只船十分相似，海面也始终是一个样子。在他们这种永远不变的环境中，外国的海岸、外国人的脸、随时变化的无比开阔的生活，不停地一掠而过，给他们带来的倒不是蒙上面纱的神秘感，而是一种略含轻侮意味的愚昧无知。因为对于一个海员来说，除大海本身之外再无任何神秘的东西，大海是主宰他生命的女主人，和命运一样难以捉摸。至于其他的一切，在经过几个小时的工作之后，偶尔上岸随便走走，或者找个酒店痛饮一番，便足以为他揭开整个大陆的秘密，只不过一般说来，他总发现那些秘密实际不值得去了解。海员们的故事都是简单明了的，它的全部意义都包容在一个被砸开的干果壳中。但是马洛这个人（如果把他喜欢讲故事的癖好除外）是很不典型的，对他来说，一个故事的含义，不是像果核一样藏在故事之中，而是包裹在故事之外，就像灼热的光放出的雾气，也很像雾蒙蒙的月晕，只是在月光幽灵般的辉映下才偶尔让人一见。

他的话似乎丝毫没有什么惊人之处。马洛向来如此。大家一声不响地听着。谁都好像连哼也懒得哼一声，但他仍然马上讲开了，讲得非常慢——

"我在想着很久很久以前的时候，在一千九百年以前，那时罗马人刚刚来到这里——仿佛就在几天前……从此，这条河上开始出现了光——你说骑士们？是的。可是那光明完全像在平原上滚动的火光,也像是云彩里的一道闪电。我们就生活在那闪光之中——但愿只要地球还会滚动,它也就不会熄灭吧!可是就在昨天这里还是一片黑暗。想一想这样一位司令官的感触吧!他指挥着一艘精美的——你们叫它什么来着?——三层桨座的战船,行驶在地中海上,他突然接到命令让他的船开往北方,让他火速穿过高卢地区去指挥一艘小艇。如果我们愿意相信书上记载的那些话,那么,这些小艇,罗马军团——他们当然一定都是些了不起的能干人——在一两个月之内就能大批大批地建造出来。想一想他待在这里——这世界的尽头,铅灰色的大海,颜色像烟雾的天空,几乎像一架六角手风琴那样难以摆弄的一条船——船上满载着货物,或者订货,或者随便什么吧,沿着这条河向上游驶去。沙岸、沼泽、森林、野人，很少有什么可以让一个文明人食用的食品，要喝就只有泰晤士河的河水。这里没有法勒里酒，没有可以上岸的码头。在无边无际的荒野中，只有一些像草里寻针一般难以寻觅的军营偶尔可见。寒冷、浓雾、风暴、疾病、逃亡和死亡——死亡随时都隐藏在空气中、水中和丛林之中。他们一定曾像苍蝇一样在这里一堆堆地死去。哦，是的——他终于成功了，而且毫无疑问，干得很出色，不过他却从来也没有认真想过这件事，只除了后来他也许不免对人吹牛说，当年他曾如何如何。他们敢于面对那片黑暗，当然是好样儿的。也许他之所以能鼓起劲来，只是因为他的一双眼睛老盯着一个机会，认为只要他在罗马有一些较好的朋友，而他又能熬过了这可怕的气候，有一天他也许就可以被提升到拉韦纳[1]的舰队上去。或者设想一个穿着罗马公民服装的年轻人——他也许,你们知道,玩骰子玩腻了——跟着某一位行政长官或一位收税人或一个商人跑出来,打算到这里发横财来了。在一片沼泽地边登陆,步行穿过一片森林,在某一个离河岸较远的驿站上,他感到自己周围是一片蛮荒,彻头彻尾的蛮荒,是在森林中、在丛林中、在野蛮人心中活动着的荒野的神秘生命。而且谁也不可能真正进入那神秘境界中去。他只能生活在那不可理解的同时也令人感到厌恶的环境中。这种环境也具有一种随时能打动他的心的魅力。这是一种由厌恶产生的魅力——你们知道,你们且想想那种越来越强烈的悔恨,力图逃脱的渴望,无能为力的厌恶、投降和憎

---

[1] 意大利北部的城市。

恨吧。"

他停了一会儿。

"请注意，"他又开始说，同时弯起一条胳膊，把手掌向外伸着，再加上他盘着两腿，那样子真像一尊会说法的菩萨，只不过他穿着欧洲人的服装，身子下面并没有一朵莲花罢了，"请注意，我们现在谁也不会再有和他们完全相同的感觉了，使我们避免产生这种感觉的是效率——对效率的热衷。不过这些家伙实际上也算不了什么，他们并不是殖民主义者，他们的机构只不过是临时拼凑起来的，我猜想也就如此而已。他们是一些征服者，要干他们那一行，你只需要有残暴的力量就行。你具有那种力量，也没有什么可以吹牛的，因为你的强大只不过是由于别人弱小而产生的一种偶然情况罢了。他们看到既有东西可捞，便把凡能到手的一切全搜刮过来。这不过是一种依靠暴力加上大规模屠杀的抢劫,然而人们却盲目地干下去——对那些要去对付黑暗的人来说,却也正应如此。所谓对土地的征服,其意义在大多数情况下不过是把一片土地从一些肤色和我们不同或者鼻子比我们稍平一些的人手中抢夺过来,这绝不是什么漂亮事,你只要深入调查一下就会知道。唯一能使你安心的是一种观念。是这种征服背后的那个观念,不是感情上的托词,而是一种观念,对这种观念的一种无私的信仰——这东西你可以随意建立起来,对着它磕头,并向它提供牺牲……"

他停住了。团团火焰在河水上漂动,极小的绿色的火焰、红色的火焰、白色的火焰,彼此追逐着,赶上去,合在一起,彼此交叉而过,然后又或慢或快地分开。在这愈来愈浓的夜色中,这个伟大城市的交通仍在这彻底不眠的河水上进行着。我们观望着，耐心等待着，在涨潮结束以前，我们没有任何事情可做。可是他却在长时间的沉默之后，才又犹犹豫豫地接着说："我想你们这些家伙一定还记得曾经有一回我当过一阵子内河水手。"我们知道自己是命里注定，在退潮开始之前，一定得听马洛讲一段他的没有最后结果的经历。

"我并不想跟你们讲我个人的经历，让你们感到厌烦。"他说，这句话透露出了许多讲故事的人共同的缺点，看来他们往往不能肯定自己的听众究竟最喜欢听哪类故事，"不过，为了让你们了解这件事对我的影响，你们应该知道我是怎么到那里去的，我看到了些什么，我又是怎么沿河而上，来到一个地方，第一次和那个可怜的家伙见面的。那是我的航程的最远点，也是我的经历的最高潮。这件事似乎照亮了我周围的一切，同时也照亮了我的思想。这件事也实在够阴暗低沉的,而且十分悲惨,不论从哪方面说,都没有什么不寻常的地方,而且也不是十分清楚。是的,不很清楚。但尽管这样,它似乎使我心里豁亮了。

"你们都还记得,我那时在印度洋、大西洋、中国海域一带跑了很长一段时间,刚刚回到伦敦。在东方的这次游历也算够长的了——总共差不多有六个年头,然后我就一直闲待着,跑到你们那里去妨碍你们工作,窜到你们家里去闲捣乱,我简直像是接受了上天的使命要对你们进行教化。开始一段时间倒也很不错,可是日子一长,我对长时期休息感到厌倦了。然后我开始想要找到一条船——我应该想到这是世界上最艰苦的工作。可是所有的船只甚至连看都不愿意看我一眼。后来我对这寻找船只的游戏也感到厌倦了。

"要知道在我还是个小不点儿的时候,我就对地图十分感兴趣。我常常会一连几小时看着南美,或者非洲,或者澳大利亚的地图,痴痴呆呆地想象着宏伟的探险事业。那时候地球上还有许多空白点,当我看到地图上某个对我特别具有诱惑力的空白点(不过它们似乎全都如此)的时候,我就会把一个指头按在上面说,等我长大了一定要到那里去。我记得这些地点中还有北极。是啊,直到现在我还没到北极过,但我目前还不着急。它对我的诱惑已经消失了。另一些地点分散在赤道两旁,两半球的各个经纬度上都有。其中有些地方我已经去过了,还有……是啊,咱们别谈这些了。可是还有一个地方——一个最大最空旷的地方,我们就这么说吧——我一直急于想去看看。

"说实在的,当时它已经不再是一个空白点了。从我还是个孩子的时候以来,这里已经填满了河流、湖泊和大大小小的地名。它已经不再是一个令人神往的神秘的空白点了,已经不再是一个可以让孩子做各种美梦的空白了。它已经变成一个黑暗地区。可是那里有一条河很特别,一条非常大的河流,你在地图上可以看到,像一条尚未伸展开的大蛇,头放在海里,身子曲曲折折安静地躺在一大片土地上,尾巴却消失在大陆深处。我在一家店铺的窗口的地图上一看见它,就被它迷住了,像蛇迷住了小鸟——一只愚蠢的小鸟。后来我想起了一家大康采恩[1],一家在那条河上做买卖的大公司。他妈的!我心里想,他们既然做生意,就不可能不在那条淡水河上使用船

---

1 英文 concern(企业集团)的音译,是一种通过母公司对独立企业进行持股而达到实际支配作用的垄断企业形态。

只——汽艇!我为什么不设法去搞条汽艇来指挥指挥呢?我沿着舰队街走去,脑子里总也抛不开这个念头。那条蛇已经把我迷住了。

"你们知道那是欧洲大陆的一家康采恩,一个贸易协会。不过,我在大陆上也有许多亲戚和熟人,他们说他们愿意住在大陆上,是因为那里生活便宜,而且那地方实际并不像外表看上去那么让人厌恶。

"我不得不遗憾地承认,我于是就去麻烦他们了。这样做对我来说完全是一个新的转变。你们知道,我过去办任何事情从来都不这样的。不论我想到哪里去干点什么,我总是靠自己的双腿走自己的路。那时候我自己都不相信怎么会变得那样了。可是,那会儿——你们知道——我感到无论如何,不论使他妈的正招儿还是歪招儿,我也一定要达到目的,所以我就跑去麻烦他们。男人们都说'我亲爱的老伙计',可结果什么忙也不肯帮。后来——你们能相信吗?——我竟然开始去找女人帮忙。我,查理·马洛,为了找到一个工作,竟去找女人帮忙。我的天哪!可是,你们也知道,这全是那个念头给逼出来的。我有一个姨母,一个非常可爱的热心肠的女人。她写信跟我说:'那种工作一定非常有趣。我一定想尽一切办法,想尽一切办法给你帮忙。你这个想法实在太妙了。我认识公司里一位高层的太太,还认识一个非常吃得开的男人。'等等。她已经下定决心,只要我喜欢干,就准备替我谋上一个内河船长的职务,不达目的决不罢休。

"我得到了船长的任命——那还用说——而且很快就得到了。看来那家公司得到消息说,他们的一个船长在同土人的一场扭打中被打死了。这就给我制造了一个机会,而我也因此格外急切地希望快点过去。但也只是在好几个月之后,在我想去找到那已死的船长的尸体的时候,我才听说,原来那场争吵是因为买几只鸡发生误会而引起的。是的,买两只黑母鸡。弗雷斯利文——这就是那个家伙的名字,一个丹麦人——觉得自己在那笔交易中受了骗,就跑上岸去,用一根棍子使劲打那个村子的村长。哦,我听到这故事的时候,可丝毫也没有感到吃惊,有人还对我说,弗雷斯利文是个十分温和的、在两条腿的动物中从未有过的文明人儿。没问题,他准是这样的。可是你们知道,他在那边从事那个崇高的事业已经有两三年了,他也许感觉到不管怎样,他最后必须维持住自己的体面。因此,在一村人都吓呆了,站在一旁围观的时候,他毫不留情地用棍子狠打那个老黑人,直到后来有一个人——我听说是村长的儿子——听到老人的喊叫声实在不能忍受了，于是就犹犹豫豫地用一根长矛扎了那个白人一下，长矛当然很容易就扎进他的肩胛骨里去了。全村的人马上都逃到森林里去，想着不知会有什么大难临头了。可另一方面，弗雷斯利文所指挥的那条汽艇，我相信是由船上的技师负责驾驶着，也万分惊恐地离开了那里。事后，一直到我去那里接替他的职务之前，似乎没有谁对弗雷斯利文的尸体感兴趣。但我可不能丢下这件事不管，可是等我最后有机会去和我这位前任见面的时候，从他肋骨缝里长出来的青草已经高得足以掩住他的尸骨了。他的尸骨倒也完好无缺。这位神奇的人物自倒下以来没有任何人碰过他。整个村子已空无一人。所有的村舍都张着黑洞洞的大嘴，日趋朽坏，东倒西歪地立在已经倾倒的围墙之中。一点不错，一次巨大的灾祸曾经来临。村民却已经消失得无影无踪了。疯狂的恐惧将他们驱散，男人、女人和孩子全都穿过丛林逃走，再也没有回来。至于那两只母鸡后来怎样了，我也不知道。我想，进步的事业终归会抓住它们吧。不管怎样，反正由于这一光辉业绩，在我几乎还没敢抱希望之前我就得到了任命。

"我发疯似的到处奔跑着进行准备，不到四十八个小时，我已在横渡海峡，准备去和我的老板见面，签署合同了。几个小时之后，我来到了一个城市，这城市总让我联想起一座粉饰过的坟墓。完全是偏见，毫无疑问。我很容易就找到了那个公司的办公室。它是该城最大的一家买卖，我所见到的每一个人满嘴都是关于它的事情。他们打算在海外建立一个由他们统治的王国，通过贸易从那里赚来数不清的钞票。

"在一片阴暗中，我来到一条狭窄的寂静无人的街道，只见高大的建筑、无数安有百叶窗的窗户、死一样的沉寂、从石头缝中长出来的青草,左边右边都是庄严的马车拱道,巨大的双扇门死气沉沉地半开着。我找到这样一个门缝钻了进去,爬上了一道像沙漠一样凄凉、打扫干净但并未装饰一新的楼梯,然后推开了我来到的第一个房门。两个妇女,一胖一瘦,正坐在草垫椅子上织着黑毛线。那瘦个子站起身直冲我走来——仍然一直低头织着毛线——直到我想着她可能是一个梦游者,准备给她让路的时候,她才站住脚,仰起脸来。她的衣服像伞面一样平整,她一句话没说就转身把我引进了一间候见室。我报了姓名,然后四下看看。房子中间是一张松木桌子,靠着四周的墙壁摆满了粗笨的椅子,房子的一头是一幅巨大的闪闪发亮的地图,上面涂满了彩虹所具有的各种颜色。红颜色面积最大——这种颜色无论什么时候谁都看得很清楚,因为我们知道，这表明在那些地方工作已经真正在进行了，蓝颜色的地区也不老少，一小块绿色，很少几点橘黄色，在东海岸还有一小片紫色，表明那里正是那些呱呱叫的进步的开路先锋在喝着呱呱叫的拉格啤酒的地方。但是，我要去的并不是这些地方。我要进入一片黄色的地区。它位于正中心。那条河就在那里——像一条蛇一样迷人、凶恶。吱！一扇门被打开了，露出了一个满头白发但满脸热情的秘书的脑袋，一根皮包骨的食指招我走进了里面的密室。室内光线极暗，一张沉重的写字台趴在屋子中央。在那写字台后面，我慢慢看见了一个穿着礼服大衣的又白又胖的东西。这就是大老板本人。据我估计，他大约有五英尺六英寸高，可不知有多少百万英镑攥在他的手心里。他和我握握手。我想是由于对我的法语很为满意，他似乎模模糊糊地讲了一句法文：**一路**

平安。

"过了大约四十五秒钟,我和那位和蔼的秘书又回到了那间候见室,他又是伤感又是同情地让我签署了几份文件。我相信在许多条款中有一条是,我得保证绝不泄露任何贸易机密。那当然,我不会泄露的。

"我开始感到有些不舒服,你们知道我对这类官样文章很不习惯,再说那里的气氛似乎让我嗅到了某种不祥的东西。这简直像是我在那里参与了某种阴谋——我也说不太清楚——反正是一种不太正当的勾当。因此,走出来的时候,我真感到高兴。在外面那间屋子里,那两个妇女仍然使足了劲在织黑毛线。更多的人不停地来到这里,那个年轻一些的妇女来回奔忙,领他们进去。年老的那个仍然坐在椅子上。她脚上的平纹布拖鞋蹬在一个脚炉上,怀里躺着一只猫。她头上戴着一件浆洗过的白色玩意儿,脸上有一颗疣子,鼻尖上架着一副银丝眼镜。她从眼镜上面瞅了我一眼。她那一扫而过、十分冷漠的目光使我气恼。有两个长着一副蠢相、满脸堆笑的青年被带了过来,她也同样带着仿佛无所不知的神态迅速而冷漠地瞅了他们一眼。她对他们似乎完全了解,对我也一样。我马上有一种莫名其妙的感觉。她似乎是那样地神秘莫测,又似乎预示着不祥。在我远远离开那里之后,我还常常想到那两个女人,她们守着黑暗的大门,仿佛在编织尸衣似的织着黑色毛线,一个不停地介绍,把人介绍到无人知晓的地区去,另一个则用她那双无比冷漠的老眼望着那些愉快而愚蠢的脸。**万福**[1],编织黑毛线的老女人,**将死之人向你致意**[2]。她瞅过一

---

1 原文为拉丁文,是专用于对圣母马利亚的欢呼语。
2 原文为拉丁文。

眼的人里,后来又再见过她的不多——连一半也没有,远远没有。

"还得去看大夫。'这不过是个形式罢了。'秘书安抚我说,那神态仿佛对我的一切悲伤都表示无限同情。于是一个帽子压在左眉毛上的年轻人,我想大概是一位办事员——尽管这些办公室里全都像死城的房子里一样安静,但是这个公司总该有几个办事员的吧——从楼上不知什么地方走了下来,领我前去找医生。他衣服破旧,吊儿郎当,上衣袖子染上了一块墨水,一条又长又大的围巾蓬松地围在脖子上,露着一个样子很像一只旧皮鞋鞋尖的下巴。现在去找医生还太早一些,我建议先喝一杯,他一听这话马上显出几分高兴的样子。当我们各自拿着一杯苦艾酒坐下的时候,他把公司里的买卖说得天花乱坠,后来我随便表示有点奇怪——既然那样,他为什么不也出去干它一番呢——他马上变得十分冷静和稳重了。'用一句柏拉图对他的门徒们讲过的话,我并不像我外表看来那么愚蠢。'他直截了当地说,接着似乎以极大的决心喝干了那杯酒,就站了起来。

"那个老大夫摸了摸我的脉搏,显然脑子里正在想着别的什么事情。'好,可以去的。'他懒懒地说,然后带着某种急切的神情问我,愿不愿意让他量一量我的头骨,我尽管不免有点吃惊,但仍然说可以,于是他就拿出一个像卡尺一样的东西,前前后后、左左右右量出我的头骨的尺寸,并详细做了记录。他个子很小,胡子拉碴的,穿着一件像是工作服的破旧衣服,脚上穿一双拖鞋,我想他不过是个无害的废物罢了。'为了促进科学的发展,我常常请求决定到那边去的人让我量一量他们的头骨。'他说。'然后等他们回来的时候再量一量?'我问道。'哦,我从来没有再见到过他们。'他说,'再说变化是发生在头骨的里面,你知道。'他微笑着,仿佛听到了一个令人哑然失笑的笑话,'所以你决定上那边去了。太棒了。也很有趣。'他严肃地扫了我一眼,又在笔记本上记下了一笔,'你们家有疯癫病的病史吗?'他态度十分严肃地问。我感到很不高兴:'这个问题也和促进科学的发展有关吗?''能够在当场,'他说,完全不理会我的恼怒,'观察许多人的思想变化,那对于促进科学的发展一定是很有好处的,可是……''你是一位精神病学家吗?'我打断他的话说。'每一个大夫都应该——多少懂一点精神病学。'那个古怪人物神色自若地说,'我有一个小小的理论,希望你们这些到那边去的先生一定帮我证实一下。我们的国家占有这么多属地,自然能获利无穷,而我希望从中分得的利益就只是这么一点罢了。我把财富全留给别人。请原谅我向你提出这些问题,不过你还是前来让我检查的第一个英国人……'我马上明白地告诉他,我可是一点也不典型。'我要是个典型的英国人,'我说,'我就不会像这样跟你谈话了。''你的话我完全不懂,也许还是很错误的。'他说着大笑了几声,'除了暴露在日光下之外,要尽量避免任何不愉快的刺激。Adieu[1],你们英国人是怎么说来着,嗯?再见。啊!再见。Adieu。在热带地区,一个人保持冷静比什么都重要……'他伸出食指警告说,'**冷静些,冷静些。再见。**[2]'

"现在还有一件事得办——去和我的好得不能再好的姨母告别。她见到我高兴得不得了。我

---

1 法语,表示再见、永别。
2 原文为法文。

端着一大杯茶——这是多少日子我都不可能再喝到的最后一杯高级茶了——在一间看来再舒适不过的房间里（一位太太的会客室一般都收拾得多么干净，你们也可以想到的），我们安静地坐在火炉边谈了很久。在这次谈心的过程中，我才慢慢完全明白，她曾向那位高层的太太推荐我（天知道，她还向多少别的什么人介绍过我），说我是个了不得的具有非凡才能的人物——对公司来说将是一件巨大的财富——一个绝非每天都能找到的人才。我的老天哪！而我现在要去干的，不过是指挥一条装有一分钱一个的汽笛、价值两分半钱的江轮罢了！而且看来我也算是公司里的'工作人员'了，一名真正的工作人员，你知道，就仿佛是光明使者，或者某种较低级的圣徒。那时候，大堆大堆这类的废话，有印成书的，有用嘴讲的，正纷纷出笼，而这位好得不能再好的女人正好就生活在那一派胡说八道的狂澜之中，几乎都被冲得站不住脚了。她谈到'一定要让那几百万无知的人慢慢戒掉他们那些可怕的习俗'。到后来，说真的，她让我实在受不了了。我吞吞吐吐地说，那公司的目的主要是赚钱。

"'你忘了，亲爱的查理，那些工人拿的钱可都不是白拿的。'她高兴地说。妇女对许多事情竟如此不明真相，实在让人觉得奇怪。她们生活在她们自己的世界中，过去从来没有过这样一个世界，将来也不会有。这个世界整个说来是过于美好了，如果她们真要建立起这么一个世界，那它等不到第一次太阳落山就会彻底瓦解。自从上帝创造世界以来，我们男人一直与之和平相处的某些该诅咒的生活现实必然起而作乱，把它彻底砸烂。

"在这段谈话之后，我姨母和我拥抱一番，

告诉我要穿上法兰绒上衣,并且一定要经常写信等等,然后我就走了。在大街上——不知道什么缘故——我忽然有一种奇怪的感觉,觉得自己是个大骗子。尤其奇怪的是,我这个人一向如此,一旦接到通知,要我在二十四个小时之内离开这个世界的某一个地方,我就会立即照办,几乎不会比大多数要过马路的人考虑得更多一些,而现在,在这么一件十分普通的事情面前,我却居然——不能说是犹豫,至少是有些发怵了。对这个情况,我能对你们做出的最好的解释,恐怕只能说是因为,有那么一两秒钟的时间,我感觉到仿佛我现在不是要去一个大陆的中心,而是要出发前去地球的中心。

"我乘坐一艘法国轮船离开了英国。这条船每到一个该死的港口都要停泊一阵,据我理解,目的是要把一些士兵和一些海关人员送上岸。我一路观望着海岸线,站在船头看着海岸线在自己的眼前滑过,真有点像是思考着一个无法破开的谜语。海岸就躺在你的面前——微笑着,皱着眉头,向你招手欢迎,宏伟、卑下、无味或者野蛮,总是默默无语,却作出一副对你耳语的神态:来吧,快来看看。这海岸线几乎看不出有任何特点,仿佛还正在形成之中,只给人一种单调、阴森的感觉罢了。那巨大的丛林边缘,过深的暗绿色几乎已变成了黑色,沿边镶着一条笔直的、仿佛用直尺画出来的白色浪花组成的流苏,沿着那在爬行着的迷雾下失去光华的碧海远远地向前伸去。太阳光是那么强烈,陆地看去闪闪发光,在蒸汽下显得湿淋淋的,这里,那里,在层层白色的浪花中,忽然出现几个灰不灰、白不白的污点,污点上方也许正飘扬着一面国旗。已存在了几个世纪的居民点,在一直无人探索过的一片荒凉的背景中，仍显得不过大如针尖。我们的船隆隆前进，停下，抛下几个士兵，然后又向前进，抛下几个海关人员，让他们到那看上去已被上帝抛弃的荒野中，靠着一个难以寻觅的铁皮棚子和一根旗杆，在那里收税，然后再送去更多的士兵——也许就是为了保护那些海关人员。我听说，有些人已经淹死在那片白浪中了。不过他们淹死不淹死，似乎无关紧要。他们被扔在那里就算完事，我们却仍然继续前进。海岸每天看来全都是一个样子，仿佛我们根本没有移动。可是我们走过了许多地方——许多贸易点——它们的名字不外叫什么大巴萨姆或者小波波之类，这些名字似乎更应该属于那些在一个令人可怕的背景前演出的可悲的闹剧。作为一个普通乘客的闲散，我和同船人毫无接触而形成的孤单，一片油腻腻、懒洋洋的海面，千篇一律的阴森单调的海岸，似乎让我处于一种伤感的、毫无意义的幻觉之中，完全脱离了生活的真实。偶尔可闻的一阵海浪声，像一位教友在演说，对我倒是一个莫大的安慰。这声音是某种自然的产物，自有它的理性和它的意义。偶尔从岸边开来一条小船，使我暂时和现实有所接触。划船的都是些黑人。你从很远的地方就能看到他们的白眼珠闪闪发亮。他们呼喊着，歌唱着，满身流汗，脸上仿佛戴着十分可笑的面具——这些家伙啊。可是他们有骨头，有肌肉，有一股狂野的活力和强烈的活动能量，同他们的海岸边的浪头一样，自然而真实。他们待在那里，并不需要得到任何人的许可。看着他们，便会感到莫大的安慰。有一个时期，我感到自己仍属于一个一切都直截了当的世界，可是这种感觉总不能长久存在。总会出现点什么，把这种感觉吓跑。记得有一次，我们遇上了在海岸边抛锚的一艘军舰。海岸上连一个草棚子都没有，可是那艘军舰却正在炮轰岸上的丛林，真仿佛是法国人正在那里进行一场大战。船上的旗子像一片破布似的耷拉着，在船舷低处伸出一大排口径六英寸的大炮炮口。油光光、黏糊糊的海浪一会儿懒懒地把船抬起，一会儿又让它落下，不停地摇晃着它单薄的桅杆。它停在由大地、天空和海水组成的一片寥廓的空间里，不知为了什么，向着一个大陆开炮。嗵，那六英寸的大炮又响了，一小团火光冲出去，又消散了，一团白色的烟雾很快消失了，一颗很小的炮弹发出一声微弱的尖叫，然后什么事也没有了。当然也不可能发生任何事情。这种做法只让人感到几分疯狂，让人看着，感到既滑稽又可悲。尽管船上有人很严肃地告诉我，那边有一个土人——他把他们叫作敌人！——的营地隐藏在海岸上什么地方，但这也不能消除我的那种感觉。

"我们把寄到那条船上的信件交给他们（我听说在那条孤独地待在那里的船上，由于热病的侵袭，人们正像耗子一样以三天一个的速度在慢慢死去），然后又向前行进。我们又拜访了一些名字十分滑稽可笑的地方。在那里，就如同在一个热不可当的地下墓穴里宁静而带泥土味的气氛中，死亡和贸易在欢快地跳舞。我们一直沿着没有一定形式的海岸前进，那里的危险的浪花仿佛是自然本身为了阻止外来的侵袭者而设立的防线。一条条的河流，生命中的死亡之流，流进流出，它们两边的河岸已经化为烂泥，已成为浓稠泥浆的河水不停地摧毁着一些已被扭曲的红树，使得它们似乎止不住地在一种完全无能为力的绝望中对着我们痛苦地扭动身子。在任何地方我们停留的时间都很短，不可能留下特殊的印象，可是一种随时存在的模糊的压抑感却越来越沉重地压在我的心头。这仿佛是在一个类似噩梦的环境中进行的一次十分无聊的旅行。

"又过了三十多天，我才见到了那条大河的河口。我们在离政府所在地不远的地方抛锚停下。可是我的工作还得等到再航行二百多英里之后才能开始。所以一有机会，我便立即出发，向上游三十英里的一个地方赶去。

"我搭上了一条很小的海轮。船长是一个瑞典人。他知道我也是个水手，便邀我到驾驶台上去。他是一个瘦小的年轻人，皮肤很白，脾气很坏，留着长长的头发，走路老是拖着脚步。在我们离开那个可怜的小码头时，他轻蔑地向着海岸那边一甩脑袋。'一直就住在那边？'他问道。我说：'是的。''那些官员可真是一帮好人，不是吗？'他接着说，相当准确但显然有些恼怒地讲着英语,'真是滑稽,有些人为了一个月挣到几个法郎,简直什么都肯干。我不知道内地的情况又会怎样。'我对他说我很快就会见着了。'是这……样!'他大声说。他拖着脚横走了几步,始终警惕地注视前方。'不要太肯定了,'他接着说,'前天我就救上来一个在路边上吊的家伙,他也是个瑞典人。''自己上吊!天哪,那倒是为什么呢?'我叫喊着说。他仍然警惕地注视着前方:'谁知道呢,也许这里的太阳让他受不了,也许是这个鬼地方。'

"最后我们驶入一段开阔的河道。前面是一排峭壁,岸边是一些河水冲积的土丘,一座小山上有一些房屋,另有一些铁皮顶的房屋修建在一大片乱山洼中,或者悬在半山坡上。高处不停地传来阵阵激流声,回荡在这片有人居住的荒野上。那里有许多人,大多数是光着身子的黑人,像蚂蚁一般来回移动着。一个小码头直伸到河中心。太阳忽然迸发出一阵强光，让人一时间什么都看不见了。'你们公司的一个站就在那边，'那个瑞典人指着石山边像军营一样的三间木头房子说，'我一会儿派人把你的东西送上去。你说是四个箱子，对吧？就这样吧。再见。'

"我来到一个躺在深草中的锅炉边，看到那里有一条上山的小路。这条路每遇到大岩石就从旁绕过，还躲过了一辆轮子朝天躺在那里的小型火车车厢。有一个轮子已经脱落。那东西看上去完全像一个死去的动物的尸体。我再向前走几步，又遇到更多的扔在那里朽坏了的机器，还有一堆生锈的铁轨。左边，一片树林的阴凉儿下似乎有些黑色的东西在有气无力地活动。我眨巴了几下眼睛，看到那条小路十分陡峻。右边忽然传来一阵号角声，我看到一些黑人在奔跑。紧接着一声沉重的爆炸声，震动了脚下的大地，一阵白烟从峭壁上升起，然后就算完事了。那岩石的外表似乎看不出有任何变化。他们是在修建铁路。那山崖并没有任何妨碍，可是这无目的的爆炸却是他们所进行的全部工作。

"在我身后出现的一阵轻微的哐啷声，让我转过头去。六个黑人排成一排前进着，吃力地往那条小道上爬去。他们都直着身子慢慢走着，头上顶着装满泥土的小筐。他们每走一步便发出一阵哐啷声。他们腰里系着一些黑色的破布，破布头在他们身后像尾巴一样摆动着。我可以看见他们的每一根肋骨，他们手脚上的关节都像绳子上的疙瘩一样鼓了出来。每个人的脖子上都戴着个脖圈，把他们全拴在一起的铁链在他们之间晃动着，有节奏地发出哐啷声。山崖上又发出一阵爆炸声，使我马上想起我曾见到的那艘向一片陆地开火的军舰。这同样是一种不祥的声音，可是不管你想象力如何丰富，也不可能把这些人叫作敌人。在这里他们被称作犯人，而他们所触犯的法律，却是像开花的炮弹一样无缘无故地落到他们身上，仿若从海上飞来的不解之谜。所有那些人的干枯的胸脯一起喘着气，使劲张开的鼻孔翕动着，无神的眼光全都望着山上。他们从我身边经过，距我不到六英寸，谁也不曾看我一眼，充分表露了苦难中的土人死一般的冷漠。在这些生番后面，另有一个却已曾受过教化，他是各种新势力发生作用后的产物，他手里横提着一支长枪，神情忧郁地慢慢走着。他那制服上衣的一个纽扣掉了，看见路上有个白人，他便连忙把他的武器扛到肩上去。这只不过是出于谨慎，因为从远处望去所有的白人差不多全都一个样，他弄不清我究竟是谁。他很快就看清我是谁了，于是咧开大嘴做了一个白人式的带着流氓气的微笑，并对他所看管的人扫视了一眼，似乎表明他完全相信，在白人给予他的崇高的信赖中也有我的一份。当然不管怎么说，我也是这个正在进行的高尚和公正的伟大事业的一部分。

"我不再往上，而是转身朝左往下走去。我的意思是不让那些被铁链锁住的人看到我爬上山去。你们知道，我并不是一个特别温和的人。我也曾不得不动手自卫。我有时也只能用进攻来进行自卫——那是唯一有效的自卫方法——完全不去考虑我糊里糊涂闯入这种生活将要付出什么样的代价。我曾经见到过暴力的魔鬼、贪婪的魔鬼，还有欲壑难填的魔鬼。可是，上天做证！这些拿人——我说的是人——当牲畜使唤的魔鬼，可真是些强大的、贪婪至极、红了眼的魔鬼。可是当我站在那座小山边的时候，我已经预感到，在那阳光耀眼欲花的土地上，我很快便将结识一个代表着愚蠢的贪婪和残酷、衣服破烂、装模作样、目光短浅的魔鬼。这个魔鬼究竟会阴险毒辣到什么程度，我得等过几个月，再走完一千英里的路程之后才能知道。这时我仿佛已受到某种警告，惊愕地在那儿站了一会儿。最后，我斜着向山下走去，走向我刚才看到的那片树林。

"我躲开了山坡上什么人正在挖掘的一个巨大的地洞，这洞是干什么用的我完全无法想象。不管怎样，那既不是一个采石场，也不是一个沙坑。它就是那么一个大地洞。这可能和为了让那些罪犯有工作可干的某种慈善事业有关。我不知道。接着，我差点掉进一条只能算作山边的一个小瘢痕的狭窄的山沟。我发现大量从老远运来供居民点使用的管道全扔在那条沟里。其中连一节完好的也没有了，全给砸得稀巴烂。最后我终于来到了那片树下。我是想在那阴凉儿中散步片刻。可是我刚走进那片树林,马上就感到仿佛是跨进了地狱中的一个阴暗角落。那激流显然离这里很近。一种不间断的、单调的、一直往前冲去的声音使得树林里那令人悲伤的寂静(这里没有一丝微风,没有一片摇动的树叶)中充满了神秘的声响——仿佛行进中的大地的沉重的脚步声忽然变得清晰可闻了。

"黑色的身躯蹲着,躺着,有的坐在两棵树中间倚在树干上,有的趴在地上,有的身子一半显露在阳光中,一半没在阴影里,显露出各种不同的痛苦、认命和绝望的姿势。山崖上又传来一声爆炸声,我脚下的土地紧跟着轻轻摇动了几下。那边的工作正在进行着。工作!这里正是一些参与那件工作的人最后前来躺着等死的地方。

"他们都在慢慢死去——这是很明显的。他

们不是敌人，也不是罪犯，他们现在已不属于尘世所有——他们只不过是疾病和饥饿的黑色影子，横七竖八地倒在青绿色的阴影中。通过有期限的合同，他们被人完全合法地从海岸深处各个角落里弄来，迷失在这难以适应的环境中，吃着他们从来不曾吃过的食物，他们生病，失去了工作能力，然后才能获得允许，爬到这里来慢慢死去。这些垂死的形体和空气一样自由，也几乎和空气一样单薄。我慢慢看出了树下一对对眼睛发出的微弱的光。后来我偶一低头，看到了近在手边的一张脸。黑色的骨头全伸展开，一个肩膀倚在树上，眼皮慢慢地掀起，一对深陷的眼睛翻上来望着我，显得那样巨大而空虚，眼窝深处有一种已无视力的白光正在慢慢消失。这个人看来很年轻——差不多只是个孩子——可是你们知道，他们的年龄是很难看出的。我一时也没法有什别的表示，只好从口袋里掏出一块我从那个好瑞典人那里带来的饼干递给他。他手指慢慢收拢，抓住了那块饼干，再没有任何别的动作或表情。他的脖子上系着一小段白羊毛线——他这是干什么？他从什么地方弄来的？这是一个标记、一种装饰、一个符咒，还是一种向神许愿的表示？这东西是否表示了他的某种思想？这一小段来自海外的白色绒线，绕在他那黑色的脖子上看上去实在刺眼。

"离开那棵树不远，还有两副支支棱棱的骨头抱着膝盖坐在那里。其中有一个把下巴支在膝盖上，呆望着，那样子非常可怕，简直令人难以忍受。旁边他的那个兄弟幽灵把额头搁在膝盖上，仿佛已疲惫得无法支撑了。所有其他的人，也都以各种各样的姿态，扭曲着身子倒作一片，形成一幅大屠杀或者大瘟疫之后留下的情景。我惊愕地站在那里，看到他们当中有一个人用双膝双手支起身子，一步步爬到河边去喝水。他用手捧起水来喝着，然后就在阳光中坐下，把两腿盘起来放在自己面前，过不一会儿，他便让他那毛茸茸的头耷拉到胸前去了。

"我不愿再在那片阴影中游荡了，于是匆匆朝站上赶去。在离开那片建筑物不远的地方，我遇见了一个白人。他的外貌是那么意想不到地典雅，一开头我真以为是什么鬼魂显灵了。我看到了浆过的高领、白色的袖口、一件淡黄色的羊毛上衣、雪白的裤子、一条干净的领带，还有一双擦得雪亮的皮靴。他没戴帽子。头发从中间分开，抹上油，刷得亮光光的，一只大白手举着一把带绿线条的阳伞，耳朵后边还夹着一支蘸水钢笔，那神态实在惊人。

"我和这个奇迹般的家伙握了握手，当即知

道他是公司的会计主任,而且知道了一切账目都在这个站上核算。他出来待一会儿。他说:'是为了呼吸一点新鲜空气。'他的语调让人听着非常奇怪,也明显带着长期过案牍生活的痕迹。正是从他的嘴里我第一次听到了另一个家伙的名字,不然的话,我就不会跟你们提起他了,那个家伙跟我这一时期的经历可是无法分开的。再说,我对眼前这个人倒也十分尊敬。真是这样,我尊敬他的领子、他的大袖口和他的刷得很光亮的头发。他的外表的确和理发馆橱窗里的模特儿一模一样。可是在这片一般人都感到意志无比消沉的土地上,他竟能保持如此堂皇的外表,这是何等的决心。他的浆过的领子和笔挺的衬衫前胸都可以说是某种性格的伟大体现。他已经离家在外快三年了。后来我止不住问他,他怎么还可能穿出这么漂亮的衣衫来。他当时不禁微微有点脸红,接着却非常谦虚地说:'我在教站上的一个土著女人做事。真不容易。她原来对她的工作十分不满意。'这么说,这个人的确还干出了一点成绩。他对他的账本也真是关心备至,全都摆得整整齐齐。

"站上的一切全都乱七八糟——领导关系,各种事务,连建筑物本身也全都如此。一串串八字脚的满身尘土的黑人经过这里又向前走去。各种手工业产品,破烂的棉花、念珠、铜丝川流不息地被送进黑暗的深处,然后源源不断地换回珍贵的象牙。

"我必须在那个站上再等待十天——这简直像是永无尽期了。我住在院子里一间小木屋里,可是为了逃脱那混乱的环境,我有时候只好跑到那个会计主任的办公室去。他那间办公室是用横木板拼起来的,拼接得十分粗糙,所以当他弯着腰在那张很高的写字台上工作的时候,他身上从头到脚都是一道道阳光。要向外看看也用不着打开那宽大的百叶窗。屋子里也非常热,肥大的苍蝇可怕地嗡嗡叫着,它们倒是不叮人,只是拼命地撞来撞去。我一般都坐在那里的地板上,他却一尘不染,有时还略略洒上点香水坐在他的高凳上工作着。有时他也站起来活动一下。当一个病人(据说是从内地来的一个生病的公司代理人)睡在一张带轮的矮床上给放到他的办公室里来的时候,他只是很温和地表现出一点苦恼神情。'这病人的呻吟,'他说,'扰乱了我的注意力。在这样一种气候条件下,没有高度集中的注意力,要想算账不出差错,可是太难了。'

"有一天,他头也不抬地对我说:'进入内地以后,你无疑会遇见库尔茨先生的。'我问他库尔茨先生是谁,他说他是一位第一流的公司代理人。看到我对他的解释感到失望,他于是放下笔,又接着慢慢说:'他是个非常出色的人物。'经我一再询问,他告诉我,库尔茨先生正负责一个贸易点,一个非常重要的贸易点,设在那边一个真正的象牙产地,在'那边的尽头处。他一个人送回来的象牙等于所有其他站的总和……'。说完他又拿起笔来,那病人已经病得连哼哼声都听不到了。在偌大一片宁静中只听到苍蝇的嗡嗡声。

"忽然从外面传来许多人一起说话的声音和沉重的脚步声,而且越来越大。有一个运输队进站了。在木板房的板壁外面,开锅似的响起了各种嘈杂的吵闹声。所有的脚夫都争着一起讲话,在这吵嚷声中,你还可以听到总代理人悲哀的声音:'算了吧。'这一天,他已经含着眼泪这样悲叹了十多次了……他慢慢站起身来。'这吵闹声多可怕。'他说。他横穿屋子慢慢朝那病人走去，接着又走回来对我说：'他可是听不见了。''怎么！已经死了？'我吃惊地问道。'不，还没有。'他神色自若地说。接着，他朝着外面院子里混乱的嘈杂声一晃脑袋说：'在你生怕把账记错的时候，你没法儿不痛恨这些野人——简直要对他们恨死了。'他沉思着呆了一会儿。'你见到库尔茨先生的时候，'他接着说，'请替我带给他一句口信，告诉他这里的一切，'他看了看他的桌子，'都非常令人满意。我不愿意给他写信——通过我们的这些信差，你永远不知道经过总站时信会落到什么人手里去。'他用他那双温和的鼓出的眼睛对我呆呆看了一会儿。'哦，他前程远大，非常远大，'他接着又说，'不要多久他一定会成为我们公司的一位人物，上面的那些人——欧洲的董事会，你知道——已经决定要提拔他了。'

"他转身去干他的工作，外面的吵闹声已经停息了。我打算马上走出去，可我又在门口停下了。在一片持续不断的苍蝇嗡嗡声中，那个准备运送回家去的公司代理人躺在那里，满脸通红，已完全失去了知觉。另外那位，俯身在他的账本上，正在为他的完全正确的交易正确地计算着账目。而在那房子前面台阶之下不到五十英尺的地方，我却可以看到那死亡之林的一动也不动的树梢。

"第二天，我终于同一个由六十人组成的队伍离开了那个站，准备再走过一段两百英里的行程。

"关于那段行程，没有必要给你们讲很多了。反正是东一条路，西一条路，到处都是路。人踩出来的崎岖的道路网展开在那一片荒漠的土地上，穿过很深的野草，穿过被烧过的野草，穿过丛林，在一条阴森的山沟里上来又下去，遇到一个冒着火焰的炽热的火山，上去又下来，一片荒凉，又是一片荒凉，看不见人，也看不见一间草房。这里的居民很久以前都已经全逃光了。是呀，如果有一天，一大群神秘的黑人，带着各种可怕的武器，突然出没在迪尔和格雷夫森德[1]之间的大路上，把大路两旁的英国佬全抓去给他们搬运笨重的行囊，我想用不了多久，那一带所有的农庄和村子马上就会空无一人了。只是眼下这个地方连住房也看不见一间。不过，我也曾路过几个被抛弃的村子。那里的一些用草编成的半倒的墙，完全像孩子的玩意儿，看着令人觉得十分可悲。一天又一天，这六十双光着的脚在我的身后噼噼啪啪地走着，每一双脚负担着六十磅的重

---

1 均为英国地名。

载。扎营，做饭，睡觉，拔营，开拔，一个正扛着重载的脚夫会忽然倒下，他于是也就在路旁的深草中安息了。在他的身旁会放着一个倒空的水葫芦和他使用过的一根长棍。四周和上空都是一片寂静。也许在某一个宁静的夜晚，远处会传来一阵阵颤动的鼓声，低一阵，高一阵，巨大的颤动声，微弱的颤动声，这难以理解的声响，有所呼吁，也有所暗示，带着狂野的气息——也许和一个基督教国家的钟声具有同样深刻的意义。有一回，一个敞开着制服上衣的白人，带着一个由一些高瘦的桑给巴尔人组成的武装护送队在路边扎营，他非常好客，喜气洋洋——不用说还喝得有几分醉了。他说，他正在查看道路的保养情况。我不能说见到过任何道路或任何道路的保养，除非把前面三英里处确实绊了我一脚的那个前额上露着枪窟窿的中年黑人的尸体叫作一种具有永恒意义的改进。我也有一个白人伙伴,他倒不是个坏家伙,可就是一身贼肉,而且老是在离水和阴凉处好几英里的酷热的山坡边,动不动就要人命地晕倒了。你们知道,举着你自己的上衣,拿它像一把伞似的挡住一个人的脑袋,等待他慢慢缓过来,多么让人心烦。有一次我止不住问他,到底干什么跑到这儿来了。'当然是弄钱哪,你想还有什么呢?'他轻蔑地说。紧接着,他又发起烧来,我们只好用一根木杠,下面拴着一个吊床抬着他走。因为他体重二百二十多磅,为这事,我和那些脚夫不知没完没了地争吵过多少次。他们唠叨着,偷跑,半夜里扛着他们搬运的东西逃跑——简直是要造反了。因此有一天晚上,我配合着各种手势做了一次英文演说,在我面前的那六十双眼睛显然对我的手势是全都明白的,第二天早晨我又让人抬起那个吊床在我们的前面出发，一切都很正常。可是一个小时之后，我却在一片丛林里发现了那一整套设备——人、吊床、哼哼声、毯子、恐怖。那根沉重的木杠把他那可怜的鼻子的皮都给蹭掉了。他十分愤怒，希望我处死一两个人以示警诫，可是那些脚夫却连影子也看不见了。这时我记起了那个老大夫的一句话：'如果能够在当场观察许多人的思想变化，那对于促进科学的发展一定是很有好处的。'我感到我已经变得对科学研究很有用处了。但不管怎样，这一切全都毫无意义。十五天之后，我又看到了那条大河，于是一颠一簸朝着总站跑去。总站在那条河的一个河湾附近，四周全是灌木丛和森林，一边以一片散发臭味的烂泥作为它的美丽的边界，另外三面全被长得乱作一团的矮树丛包围着。中间有一个无人修整的缺口，就算是它唯一的门洞。你只要对这地方看上一眼马上就会知道，在这儿负责的必定是个完全不负责任的浑蛋。一些手里拿着长棍的白人懒洋洋地从那个建筑物中走出来，溜达过来对我看一眼，然后又不知溜到什么地方去，便再也看不见了。他们中有个身体强健、留着黑胡子的容易激动的家伙，我刚一告诉他我是谁，他马上就口若悬河，同时夹杂着许多不相干的叙述告诉我，我的船已经沉在那条河的河底了。我当时真是惊呆了。什么？怎么搞的？为什么？哦，一切'都没有问题'。'经理他本人'就在这儿。一切全都没问题。'每一个人的表现都无懈可击，无懈可击！'——'你一定得，'他激动地说，'马上去见经理，他正等着！'

"我对那条船沉没的真实意义一时还没能完全明白，我想现在我是明白了。可是，我并不敢肯定，完全不敢肯定。这件事实在是太愚蠢了——我现在再回想一下——愚蠢得简直超出了常情。尽管如此……可在当时,我却只不过感到那是件让人非常气恼的麻烦事。那条汽船给搞沉了。他们在两天前忽然匆匆忙忙把那条船向上游开去,经理也在船上,由一个自愿临时充当船长的人负责驾驶,可是船开出去不到三个小时,船底撞在礁石上给完全撞碎,它也就在靠近南岸的河边沉了下去。现在我的船既然没有了,我便止不住问我自己,那我该怎么办呢?事实上,要把我负责指挥的那条船从河里捞上来,那我要干的事可太多了。第二天我就不得不开始工作了。打捞起那条船,把它一块块搬到站上,然后再进行修理,总共需要好几个月时间。

"我第一次和经理见面的情景,实在奇怪至极。那天早晨我已经步行了二十多英里路,可是他竟没有让我坐下。他的肤色、面容、神态和声音都显得非常平庸。他中等身材,个头很一般。他长着一双常见的那种蓝色的眼睛,不过也许有点特别的冷淡,另外他真能够让他的眼神像一把斧子犀利而有力地落在一个人身上。不过甚至就在那时候,他身体的其余部分又似乎在表明他并无此用意。除此之外,只是在他的嘴唇上有一种难以捉摸的、隐隐约约的表情,一种偷偷摸摸的表情——一点微笑,又不像是微笑——我现在还能记得那样子,可我说不清楚。这是一种无意识的表情,这个微笑,尽管每到他说完几句什么话的时候,它也会忽然加强一下。那表情总是在他讲完一段话的时候出现,仿佛它是用在他讲的那些话上的一个印记,能使他讲的哪怕是最普通的一句话也变得让人绝对无法理解。他是个普通的买卖人,从很年轻的时候起就受雇在这一带工作——没干过什么别的。大家谁都服从他,可是他既不能引起别人的爱戴,也不能引起别人的恐惧,甚至也得不到别人的尊敬。他只能让人有一种极不舒服的感觉。这话对了!极不舒服。也不是明显的不信任,就是极不舒服——如此而已。你不能想象这么一……一……一个工作班子会有多么高的效率。他没有组织才能,没有创新的才能,甚至也没有发号施令的才能。光是看看站上的可悲状态,情况就非常明显了。他没有知识,也没有才智。他所以会爬上现在的地位,为什么?也许就因为他从来不生病……他在这里三年一期已经干了三期了……因为在这个健康情况普遍恶化的环境中,强健的体格本身就是一种力量。在他请假回家探亲的时候,他总要闹得尽人皆知——大摆排场。像上了岸的水手——也略有不同——但只是在外表上。这一点从他的一些偶然谈话中也可以听得出来。他从来没有过任何创见,可是他能够让每日的官样文章例行不误——这就是他的全部本领。可是他确实伟大,他的伟大完全表现在这么一件小事上——谁也没法说,到底什么东西能够控制住像他这样一个人。他从未向人泄露过这个秘密。也许他的身子里面什么也没有。这类怀疑总让人只能怀疑一下罢了,因为那里的情况是没有办法从外部进行核对的。有一次,好几种热带病几乎使所有站上的'代理人'全都倒下了,这时却有人听到他说:'凡到这里来的人根本就不该有内脏。'他说完这话又用他那微笑作为印记把它给封起来,仿佛那是一个由他看管着的通往黑暗的大门。你想着似乎看到了什么,可是他已经又把它给封上了。吃饭的时候由于一些白人总是彼此吵闹,争着要坐上席,弄得他十分恼火,于是他下令特制了一个特大的圆桌子,另外还特别盖了一间屋子专放这张桌子。这就是站上的饭厅。他坐在哪里,哪里就算是首席——其余的座位全都不分上下。你感到这是他的一种不可改易的信念。他既不是很有礼貌,也不算很无礼。他为人非常沉静。他容许他的'听差',一个从海岸边来的养得过肥的年轻黑人,当着他的面,以近于挑衅的无理态度对待某些白人。

"他一看到我就开始讲个没完。说我在路上耽搁得太久,他等不及了,只好没等我到场就开始干起来。河上游的许多站必须马上运进物资去。事情已耽搁了这么久,他现在根本不知道谁还活着,谁已经死了,他们现在的情况怎样,等等。他对我的解释根本不予理会,手里玩着一根火漆棒,一再重复说,现在情况'非常严重,非常严重'。又说,谣传一个非常重要的站现在遇到了危险,它的站长库尔茨先生也生病了。他希望这些话不是真的。库尔茨先生是一位……我感到非常疲倦,也非常烦躁。绞死库尔茨吧,我心里想,我打断他的话说,我在海岸边曾听人谈到过库尔茨先生。'啊!那边他们也在谈论他。'他喃喃地自言自语。接着他又开始讲起来,一再告诉我,库尔茨先生是他的最好的一位代理人,是一位非同一般的人物,对整个公司具有无比巨大的重要性,因此我可以理解他是多么不安。他说他是'非常,非常地不安'。的确,他坐在椅子上扭捏了好半天才大叫着说:'啊,库尔茨先生!'以致把手里的火漆棒都给捏碎了,而且这件意外还似乎使他不禁呆了一会儿。他需要知道的第二件事是,'这需要花费多少时间'……我又一次打断了他的话。你们知道,我当时肚子饿极了,而且又老是站着,我简直有点越来越难以忍耐了。'我怎么知道?'我说,'我对那条沉掉的船连看也没看过一眼呢，毫无疑问，得几个月。'这些谈话在我看来全都毫无用处。'几个月，'他说，'好吧，让咱们说，在三个月之后咱们就可以开始航行了。对。有三个月时间，这点活儿应该能干得了的。'我匆匆从他的屋里跑出来（他一个人住在一间用泥垒起的、还带着阳台的房子里），自言自语地咕哝着我对他的看法。他是个光会耍贫嘴的笨蛋。但后来我收回了这句话，因为他对干那点'活儿'所需要的时间，估计得竟是那么精确，这真有点让我吃惊。

"第二天我就开始了我的工作，不再和它，就这么说吧，和那个站打交道了。我似乎感到，只有这样我才能够不脱离生活中能使我不致完全泄气的东西。即使这样，你有时还必须四面多看看。然后我看到了那个站，看到那些人毫无目的地在院里的阳光下来回溜达。我有时不禁怀疑，这一切到底是为了什么？他们手里都拿着一根可笑的哭丧棒，从这里溜到那里，像一群失去信心的香客，让鬼魅给迷在这一圈乱树丛中了。'象牙'这个词儿在空气中，在人的耳语和叹息中震响，你简直觉得他们是在向它祈祷。这里到处都可以闻到一种愚蠢的贪婪的气息，完全像从尸体上发出的臭味。天哪！我一生中还从未见到过如此缺乏真实性的东西。那外在世界，那包围着大地上这一小块地方的寂静的荒野，我却觉得它像罪恶或者真理一样，无比伟大，而且不可战胜，现在正耐心地等待着这种疯狂的侵袭最后结束。

"哦，那几个月的日子！行了，没有关系。后来又发生了许多事情。有一天晚上，有一个草棚子，里面装满了印花布、花棉布、香料珠，还有我不知道的一些什么东西，忽然着火了。那火来得那么突然，你简直会想到是地球忽然裂开，放出报复的火焰，烧去了所有那些乱七八糟的东西。我那时正靠在我那艘已全被拆卸的轮船边，安静地抽着烟斗，我看到他们在火光中蹦来蹦去，高举着他们的胳膊，接着还看到那个身体强壮的留胡子的男人，手里拿着一只水桶匆忙向河边跑去，还再次向我肯定说，每一个人的'表现都无懈可击，无懈可击'，他用水桶舀起了大约半桶水又匆匆跑了回去。这时我却注意到，他那水桶底上已捅了个大窟窿。

"我慢慢向上面溜去。完全不必着忙。你瞧，整个草棚子已经像一盒着火的火柴一样化为乌有了。这火从一开始就完全无法救。火头伸得老高，谁也无法接近，把什么都同时给点着，并给烧得坍了下去。那棚子已经变成了一堆通亮的灰烬。在不远处，他们正在鞭打一个黑人。他们说火是他引起来的，可能真是这样吧，他被打得没命地惨叫。几天之后，我看见他坐在一片小树荫下面，已经是半死的样子，还在希望慢慢恢复。后来他站起身走了出去——那无声的荒野又一次对他敞开了怀抱。当我从黑暗中向那火光走去时，我发现我前面有两个人在谈话。我听到他们说到库尔茨的名字，接着又说：'利用这次不幸事件。'两人当中有一个就是那个经理。我对他说了声晚安。'你过去见到过这种事吗——嗯？真是令人难以相信。'他说着慢慢走开了。另外那个人还留在那里，他是一位第一流的代理人，一位年轻的先生，留着八字胡，长着一只鹰钩鼻，有些保守。他和别的代理人不大接近，他们说他是经理派来监视他们的密探。至于我，几乎从未跟他说过一句话。现在我们却谈开了，不一会儿，我们慢慢溜达着离开了那尚在嘶嘶发响的灰烬。接着他邀请我到他的住处去，那是站上主要建筑物中的一间房子。他划着了一根火柴,我马上看到这个年轻的贵族不仅有一只镶着银边的衣箱,而且还独自享用着一整根蜡烛。在那个时候,按理只有经理才有权使用蜡烛。泥土墙上悬挂着当地的草垫,一大堆长矛、非洲梭镖、盾牌和各种刀剑都作为战利品挂在墙上。这家伙被委任的工作是烧砖——我听见别人是这么说的。可是在这个站上不论哪里连一块砖头的碎块也看不见,可是他在那里已经待了不止一年了——他正等待着。看样子是因为缺点什么,使他根本无法烧砖,我不知道缺的是什么——也许是稻草。不管怎样,在那里当然是找不到稻草的,可是似乎也不可能从欧洲送稻草来,所以我也就不很明白他到底在等什么。也许是某种特殊的创造能力。不管怎样,他们,一共是十六个或者二十个外来移民,全都在等待着什么。说句老实话,从他们对待这工作的态度来看,那不像是一件让人感到不惬意的差事,虽然据我看,他们所干的唯一事情是生病。他们依靠彼此愚蠢地在背后进行攻击和搞阴谋诡计来消磨时间。在整个站上到处都可以嗅到阴谋活动的气味,不过,当然,实际上全都毫无结果。这和这里其他的一切——比方像整个公司伪装的慈善性质、他们的谈话、他们的管理制度、他们假装工作的样子——一样,全都是虚无缥缈的。在这里唯一一点真实的感情,是希望被委派担任一个贸易站的负责人。到了那里,他就可以得到象牙,而且可以按规矩分成。他们永远只在这个问题上彼此耍阴谋,彼此诽谤和痛恨——可要想让他们哪怕仅用一个小指头去认真干点什么,哦,那可不成。上天做证!不管怎么说,这个世界总有个什么道理,允许一个人偷走一匹马,却不能让另外一个人对拴马的绳子看上一眼。要么就把马干脆偷走。好极了。他这么干了。也许他会骑马。可是有时候要是一个人对拴马的绳子看上那么一眼,就可能会使世上最仁慈的圣徒马上火冒三丈。

"我完全想不出,他为什么对我那么友好,可是,在我们正谈着的时候,我猛地想到这家伙必定有什么目的——很显然他是要从我嘴里捞到点什么消息。他一再说到欧洲,说到他认为我一定认识的那些人——提一些问题,想让我谈谈我在那个坟墓之城认识的一些熟人,等等。他的一双小眼睛像两块云母片似的发着光,充满了好奇的神色——尽管他一直都尽量装出几分傲慢的神态。一开头我很吃惊,可很快又变得非常好奇,很想知道他到底想从我这里听到些什么。我根本无法想象,我身上到底会有什么东西值得他花费这许多工夫。最后看到他发现自己全然是徒劳无功,那一定是非常有趣的。因为,说实在的,我满肚子里装的就只有一股冷气,头脑里,除了关于我那条可怜的汽船的问题之外,也空无所有。非常明显,他把我看成了一个完全不知羞耻的信口胡说的家伙。后来他生气了,为了掩盖他的发疯一般的气恼,他打了几个哈欠。我站起身来。然后我注意到,在一块门板上有一幅很小的油画,画着一个披着衣服、蒙着眼睛的妇女,手里拿着一支燃烧着的火炬。背景非常阴暗——差不多是一片漆黑。那女人的神态显得非常庄严,可是那火炬的光照在她脸上的效果却让人感到某种不祥之兆。

"我望着那幅画停了下来,他彬彬有礼地站在一旁,手里举着一个空香槟酒(专为安神之用)瓶子,上面插着一根蜡烛。我问起这画的来历,他说这画是库尔茨先生——一年多以前就在这个站上——画的,他那时待在这里,等待有适当的交通工具前往他的贸易站去。'请告诉我,'我说,'这位库尔茨先生到底是谁?'

"'他是内陆站的站长。'他眼睛望着远处,简单地回答。'非常感谢,'我大笑着说,'你是总站负责做砖的。这谁都知道。'他沉默了一会儿。'他真可以说是一位奇才。'他最后说,'他可以说是怜悯、科学和进步的使者,鬼知道他还可能是些什么别的。我们,'他忽然大声说,'为了更好地指导欧洲委托给我们的这一事业,比方那么说吧,我们需要更高的智慧,需要广泛的同情和单一的目的。''这话谁说的?'我问。'他们许多人都这么说,'他回答说,'有人甚至写出书来谈这个问题。所以他就来到了这里,作为一个十分特殊的人物。这一点你当然知道。''为什么我当然知道?'我真感到有点意外,于是打断他的话说。但他完全不理我。'是的,他现在是我们这里最好的一个贸易站站长,明年他就会当上副经理,再过两年……我敢说,两年之后他会担任什么职务,你完全知道。你属于新的一派——道德派。当年特别把他派到这里来的那些人现在又推荐了你。哦,不要否认了。我是相信我自己的眼睛的。'现在我开始完全明白了。我亲爱的姨母的一些吃得开的熟人的态度,在这个年轻人身上产生了意想不到的效果。我几乎忍不住要大笑了。'你看过公司的内部通讯吗?'我问道。他一句话也讲不出来。这真是太有趣了。'要是库尔茨先生,'我非常严厉地接着说,'当了经理,那你就没有机会当了。'

"他忽然把蜡烛吹灭了,我们俩于是一同走了出来。月亮已经升了上来。黑色的人影懒洋洋地来回走动着,往那个灰烬上倒水,同时从那里传出一阵嗤嗤声。月光下可以看到一股股蒸气往上冒,那个挨打的黑人还躲在附近什么地方哼哼。'这畜生惹下了多大的麻烦。'那个留着小胡子不知疲劳的人朝我们走过来,'他是活该。犯罪——惩罚——狠揍!不能手软,不能手软。这是唯一的办法。这才可以制止将来再发生重大火灾。我刚才还和经理这么说来着……'他这时看到了我的那个伙伴,立即一声不响低下头去。'还没有上床休息,'他装出非常热情的样子卑躬屈节地说,'这是很自然的。哈!危险——激动。'他马上消失了。我向河边走去,我那伙伴一直跟着我,我听到他用刺耳的声音在我耳边低声说:'全是一帮笨蛋——去他们的蛋吧。'那些外来移民三三两两聚在一起,指手画脚,在讨论什么问题。他们中有几个手里还拿着他们的棍子。我真相信他们上床睡觉的时候都抱着这些哭丧棒的。

篱笆外面,树木像一群鬼怪站在月光之下,透过那轻微的摇动,透过这可悲的庭院中的微弱声响,大地的沉寂深深沁入人的心脾——带着它的神秘、它的伟大、它的隐秘生活的可怕的现实。那个被打伤的黑人在不远处低沉地呻吟着,接着发出一声深沉的叹息,使我立即转身躲开了那里。我感到有一只手挽住了我的胳膊。'我亲爱的先生,'那家伙说,'我不希望别人误解我的意思,特别是你。因为你一定会在我之前很久,有幸见到库尔茨先生。我不能让他对我的态度有任何错误的想法……'

"我任他一直说下去,这个纸糊的梅菲斯特[1],我感到我只要用指头一捅就可以把他给捅穿,然后我将发现,在他的肚囊里除了一点稀

---

[1] 欧洲传说浮士德博士的故事中魔鬼的名字。

屎浆子之外,可能什么也没有。你们瞅见了吗?他一直就计划着要在这个经理下面慢慢当上一名副经理,我看得出来,库尔茨的到来让他们俩都有些不安。他急促地讲着,我根本无意去阻止他。我把一边肩膀倚在我的破船上,那船已经被拉到岸边土坡上来,现在躺在那里像从河里捞起的一个大动物的尸体。我的鼻孔里充满了那泥土——真正的原始泥土——的气味,天哪!眼前是那原始森林的深沉的寂静,在那黑色的溪水上可以看到一小块一小块的水面在发着光。月亮已经在一切东西上面铺上了一层薄薄的银色,铺在茂密的乱草上、在烂泥上、在比庙宇的墙壁还要高的密集成片的树丛上,也铺在我通过一个阴暗的缺口看到它闪闪烁烁、闪闪烁烁、一声不响向前流动着的河水上。所有这一切是那么伟大,充满希望,寂静无声,而那个人却一直不停地在我身边唠叨着关于他自己的事。我不能明白,这面对我们的一片寥廓所表现的沉静,意思是对我们有所呼吁,还是要进行威胁。我们这些胡乱窜到这里来的,到底都是些什么人呢?我们能够控制住这无声的荒野吗?还是它将控制住我们?我能感觉到那个不能言语的也许甚至完全聋哑的东西是何等巨大,巨大得令人难以捉摸。那里面究竟有些什么东西?我可以看到从那里运出了少量的象牙,我还听说库尔茨先生也在里面。关于那地方我已经听说得够多了——上帝知道!可是那些话并不能构成任何明确的形象——那情况不过像有人告诉我说,那里有一位天使或者有一个魔鬼。我对它相信的程度完全和你们中也许有人相信火星上住有居民一样。我认识一个苏格兰的做船帆的工人,他就肯定认为,非常地肯定,火星上也有人。你要是问他那些人是什么样子,怎么行动,他便会仿佛有些不好意思地咕哝说,他们'都趴在地上走路'。如果你稍微笑一笑,他就会——尽管他已经六十岁了——动手要跟你玩儿命。我可没有意思为库尔茨去跟谁打一架,可是,在他的问题上,我已经接近于对人撒谎了。你们知道,我对撒谎深恶痛绝,简直不能忍受,这不是因为我生性比别人直爽,而只是因为谎言使我非常害怕。谎言带有死的意味,带有死亡的气息——这正是这个世界上我最深恶痛绝的东西——我极希望把它忘却。它让我感到可怜和作呕,仿佛咬了一口腐烂的死耗子。我相信这也是天性使然。是啊,我让那个年轻的蠢材愿意怎么想就怎么想,想象着我在欧洲不知有多大的靠山,这实际是等于撒谎了。顷刻之间,我变得和别的那些被愚弄的外来移民一样,也在那里装模作样了。而这只不过是因为我有一种想法:这样做对于我当时一直还没见到过的库尔茨多少会有些帮助——你们当然明白。当时他对我还只不过是一个空洞的名字。我始终还没见到过叫这名字的那个人，就和你们现在一样。你们能看见他吗？你们能看见这个故事吗？你们能看见任何东西吗？我仿佛是在对你们讲一个梦——完全是白费力气，因为对梦的叙述是永远也不可能传达出梦的感觉的，那种在极力反抗的战栗中出现的荒唐、惊异和迷惘的混杂感情，以及那种完全听任不可思议的力量摆布的意念，而这些才真正是梦的本质……"

他沉默了一会儿。

"……不，那是不可能的。你也不可能把你一生中某一时期对生命的感受转述出来，你无法转述——那构成生命的真实和意义的东西，它的微妙的无所不在的本质。这是不可能的。我们在生活中也和在梦中一样——孤独……"

他又停了一会儿,仿佛在思索什么,然后又接着说:"自然,你们这些家伙现在了解到的情况比我当时还要多一些。我这个人你们知道……"

这时,到处已是一片漆黑,我们这些听故事的人几乎彼此已完全看不见了。他坐得离我们很远,我们不见其人只闻其声已有好长时间了。别的人谁也没有讲过一个字。也许他们全都睡着了,可是我却非常清醒。我一直在听着,我仔细听着每一句话和每一个字,希望能从中找到一个线索,让我理解这个似乎并非假人之口而是在河水上空重浊的夜空中自己形成的故事,为什么会引起了我的淡淡的悲愁。

"……是的——我让他讲下去,"马洛又接着说,"关于我背后到底有什么靠山的问题,让他愿意怎么想就怎么去想。我就是这么办的!可事实上,我背后什么靠山也没有!我背后只有我正倚着的那条可怜的、破旧的、已被拆卸的汽船。而他却滔滔不绝地谈着什么'每一个人都必须前进','而且一个人来到这里,你当然知道,他绝不是到这儿看月亮来的'。库尔茨先生是一位'全面的天才',可是,即使是一个天才,工作时能有'适当的工具——有才志的人'来帮助他,他也会发现工作将容易进行多了。他始终没有动手做砖,嗨,这里有一种非人力所能克服的困难妨碍着他——这我完全知道。要说到他去给那位经理做秘书工作,这是因为'没有任何一个头脑清醒的人,会毫无理性地拒绝他的上司的信任的'。明白了吗?我明白。我还需要些什么?我真正需要的是铆钉,天哪!铆钉。有铆钉我才能进行工作——才能把船上的洞补上。我需要的是铆钉。在海岸那边有成箱成箱的铆钉,许多箱,堆得老高,箱子都绷开了,撒得到处都是!在山边上的那个站的庭院里,你每一秒钟都会踢到一个扔在地上的铆钉。有些铆钉还滚到那个死亡之林里去了。如果你愿意弯腰去捡,你可以很快就把你所有的口袋全给装满。可是在这个真正需要铆钉的地方,却连一个也没法找到。我们有可以使用的钢板,可就是没有任何东西能把钢板铆上。每星期,那个性情孤独的黑人信差,都会肩上扛着邮包,手里拿着棍子从我们的站跑到海岸那边去。从海岸那边来的运输队,每星期有好几次把各种贸易商品运到此地——让你一看就吓一跳的磷光闪闪的印花布,一分钱一大堆的玻璃球,印着令人难以捉摸的斑斑点点花纹的棉布手绢,等等——可就是没有铆钉。只要三个脚夫,就可以运来能让那条汽船重新下水的全部铆钉。

"他跟我越来越亲近了,可是我想,我毫无

反应的态度最后一定使他非常生气,因而他感觉到有必要告诉我,不管是上帝还是魔鬼,他都毫不畏惧,更不用说人了。我说这一点我看得很清楚,可是我所需要的,的确就只是一定数量的铆钉——而且库尔茨先生要是了解这里的情况,他真正需要的也只是铆钉。现在每星期都有信送到海岸那边去……'我亲爱的先生,'他大叫着说,'我只是照录经理口述的信件。'我要求给我运来铆钉。对于一个聪明人来说总有办法的。他改变了态度,变得非常冷淡,忽然大谈起河马来。他奇怪我睡在那汽船上(我日夜不停地在进行我的修理工作)怎么能完全不受干扰。这儿有一头老河马,这东西有一个很坏的习惯,每天夜里都跑上岸来,在这个站附近一带到处游逛。那些外来移民常常一齐跑出来,把他们能找到的每一支枪的枪弹都打在那头河马身上。有人甚至还通夜坐着等它出现。可是他们的一切努力全都白费。'那畜生的生命有符咒保护着,'他说,'可是在这里,你只能说某些畜生受到符咒的保护。人可不行——你明白我的意思吗?——这儿没有任何一个人的生命能受到符咒的保护。'他在月光下站了一会儿,让他的细小的鹰钩鼻子微微歪在一边,云母片似的眼睛一眨不眨地闪着光,然后简单地说了声晚安就走开了。我可以看出他很是不安,而且颇有些感到莫名其妙,这就使我比前几天感到更有希望了。我离开这家伙,走向我作为靠山的有势力的朋友,那条砸坏压歪的、破破烂烂的、罐头盒似的汽艇,对我实在是一个莫大的安慰。我爬到船板上去,船板在我脚下发出的响声,就像在街沟里踢亨特利和帕尔默公司的空饼干桶的声音一样。这船在制作上很不结实,样子也不很好看,可因为我已经为它付出了足够的辛勤劳动，我便爱上它了。它对我的用处是任何有势力的朋友都比不上的。它使我有机会出来跑一跑，看看我到底能干点什么。不，我并不喜欢工作。我也宁愿成天闲待着，尽想些可以办到的好事情。我不喜欢工作，没有人喜欢，可是我喜欢工作里所包含的内容——那个让你发现自我的机会。发现你自己的真实——对自己来说，而不是对别人来说的真实——发现任何别的人永远也无法知道的东西。他们只能看见外表，可永远也无法弄清它的真实意义。

"我忽然看到在船尾的甲板上坐着一个人，两条腿悬挂在一片烂泥上面，但我丝毫也没有感到吃惊。你们知道，在那个站上我已经和那里为数不多的几个技工交上了朋友，另外那些外来移民自然是非常讨厌他们的——原因我想不外是由于他们缺乏教养。眼下的这个人就是技工班长——他的本行是做锅炉——他是一个非常好的工人。他的身材又高又瘦,脸色发黄,却长着一双非常有神的大眼睛。他看上去总显得心事重重,脑袋光得和我的手心一样。可他的头发在脱落的时候似乎又都扎在了他的下巴颏上,而且在这个新地方又蓬勃生长起来,因为他的大胡子直拖到了他的腰边。他是个鳏夫,有六个很小的孩子(他为了到这里来,便把他们都交给了他的一个妹妹照看),他最感兴趣的活动是放鸽子,他对养鸽子十分热心,而且也是个行家。他可以整天跟你谈鸽子。工作结束之后,他有时从他的住房跑来跟我聊聊他的孩子和鸽子。工作的时候,因为他常常必须在烂泥中爬到汽船底下去,他总用他专门带来的一块白餐巾似的包袱皮把他的胡子给包起来。包袱皮两边有两个环,可以挂在耳朵上。天晚的时候,你可以看到他蹲在河沟的岸边非常仔细地洗他那个包袱皮,然后郑重其事地把它摊在树丛上晾干。

"我拍了一下他的肩膀,喊着说:'我们马上就会有铆钉了!'他立即爬起来,站在我的身边大叫着:'不可能!铆钉!'仿佛他根本不相信自己的耳朵。接着他声音很低沉地说:'你……嗯?'我不知怎么忽然变得像疯子一样了。我把一个指头放在鼻子边神秘地点了点头。'那你真是太幸运了!'他叫喊着,把一只手举到头上,指头捻得啵啵响,同时抬起了一只脚。我于是拉着他跳起舞来。我们在那铁甲板上乱蹦乱跳。船身发出了一阵可怕的哐啷声,河沟那边的原始森林送回了雷鸣般的回声,直滚过那已入睡的站上的房舍。那声音一定把住在那些破屋子里的某些外来移民给惊得坐起来了。一个黑色的身影挡住了经理住处被烛光照亮的门洞,接着又消失了,然后又过了一两秒钟,那门洞本身也消失了。我们停了下来,于是被我们的脚步声驱走的宁静,现在又从那片大地的各个角落流了回来。那巨大的青绿色的屏障,那由无数繁茂的、纠缠在一起的树干、树叶、树枝、树杈和藤蔓组成的高墙,一动不动地耸立在月光之下,仿佛是由无声的生命进行的一次纷乱的袭击,一股由植物组成的滚滚巨浪越涌越高,形成一排巨大的浪头,正准备朝这条河流这边压过来,让所有我们这些微不足道的人永远失去他的微不足道的存在。但是它并没有移动。忽然,从远处传来一阵巨大的拍水声和鼻息声,仿佛有一条鱼龙在那条大河里进行月光浴。'不管怎么说,'那个锅炉工人心平气和地说,'我们为什么不应该弄到铆钉呢?'为什么,真的!我想不出有任何理由我们不该弄到铆钉。'三星期之内铆钉就会来了。'我极有把握地说。

"可是铆钉并没有来。铆钉没来,来的却是侵袭、祸害和灾祸。这一切是在接下去的三个星期中分作几批来到的,每一批领头的都是一个穿着新衣服和黄皮靴、骑着驴的白人。他高坐在驴背上,一会儿朝左一会儿朝右不停地跟那些毕恭毕敬的外来移民点头打招呼。一大帮吵吵闹闹、脚上打泡、脸色阴沉的黑人紧跟在驴后边,顷刻间便丁零哐啷往站上的院子里扔满了大堆的帐篷、野营小凳、铁箱子、白衣箱和棕黄色的包裹,于是整个站上在那混乱情景之外,更增加了一种神秘气氛。他们前后一共来了五批,他们那仿佛刚抢劫了无数服装店和食品店正匆匆逃跑的可笑神态,让人想到,他们也许是要把掳掠来的赃物弄到荒野中平分去了。这种无法摆脱的混乱状况本身倒没有什么,可是人的愚蠢行径总让人觉得那是强盗们在分赃。

"这一帮勇于献身的人自称是埃尔多拉多探险队,我相信他们一定都曾发誓对外严守机密。不过他们的谈话全是些卑鄙下流的海盗语言:莽撞而毫不坚强,贪婪而缺乏胆略,残暴而毫无勇气。在整个他们这一帮人中,丝毫看不到明智的远见或严肃的目的,而他们似乎也根本不知道,要在这个世界上干好任何一件事,这两样东西是必不可少的。从大地的胸怀里强挖出一切财富,是他们的唯一宏愿,而在他们这种行为背后绝没有任何高尚的宗旨,一如夜半撬开保险柜的小偷一样。这一崇高事业的经费从何而来,我不知道,不过这帮人的总头目正是我们经理的叔父。

"他的样子从外表看很像一个买卖不佳的屠户,他的昏昏欲睡的眼睛露出奸诈的神色。他十分得意地用他那两条短粗的腿顶着他那肥大的肚囊,在他们那一帮人像苍蝇一样钻到站上来的时候,他除了和他的侄子谈话之外,跟谁也不交一语。你可以看到他们俩整天东逛西逛,头挨着头没完没了地在进行密谈。

"我已经完全不再为铆钉发愁了。一个人干这种蠢事的能量比你想象的要有限得多。我说,去他妈的!一切听其自然!我现在可以有更多的时间思索,因而不免有时就想到了库尔茨。我对他并不十分感兴趣。完全不,可尽管这样,我仍然总希望能够知道这个人,带着他那些道德观念来到这里,是否真能爬到最高的位置上去,以及爬上去后,他又将如何进行工作。"

二

"有一天傍晚,我摊开身子躺在汽艇的甲板上,却听到了一阵越来越近的说话声。这是他们叔侄俩在河岸边散步。我仍把头枕在胳膊上,可正当我迷迷糊糊眼看要入睡的时候,我却听到有人仿佛就在我的耳朵边说:'我跟一个三岁孩子一样从来不会伤害别人,可我也决不能听人对我发号施令。我是经理——不是吗?我是奉命把他送到那边去的。这简直让人不可思议。'……我现在才明白,他们俩正站在河岸上我的汽艇的船头边，就在我的脑袋底下。我没有动，我没有想到要动：我困极了。'是让人特别讨厌。'叔父生气地说。'他自己要求公司把他送到那边去，'另外那个人说，'意思是要想显显他多有能耐，我因此才得到了把他送去的命令。你瞧瞧，这个人看来来头不小。这不是太可怕了吗？'他们俩都同意，这实在很可怕，接着又讲了一些听来十分奇怪的话：'随便呼风唤雨——就一个人——董事会——牵着别人的鼻子。'——一些荒唐句子的片段勉强冲进了我的昏昏欲睡的头脑，所以等到那叔父再说话的时候，我差不多已经完全清醒了。他说：'这里的气候条件也许能为你排除这一困难的。就他一个人在那边吗？''是的，'经理回答说，'他派他的助手沿河而下，给我送来一张条子，上面竟写着这样的话：让这个可怜的家伙离开这里吧，以后千万别再往我这儿派人了。我宁可一个人待着,也不愿意要你派来的人跟我在一起。这是一年多以前的事。他竟敢如此无理,你能想象吗?'那以后还有过什么新情况吗?'另一个人哑着嗓子问道。'象牙。'侄子一晃脑袋说,'大批的象牙——刚采下的、大批的、从他那里送来的,实在让人气恼。''同象牙一起送来的还有什么?'那个粗嗓子问道。'清单。'是那侄子——好比说吧——有如发射炮弹一样脱口而出的回答。然后是一阵沉默。他们说的是库尔茨。

"这时我已经完全清醒了,可因为躺在那里十分舒服,我仍然一动也没动,也不觉得有必要改变一下我的姿势。'那象牙是怎么从老远送来的呢?'那个年纪大一些的咕哝着说,他看来正感到十分气恼。另外那个解释说,象牙是由原来跟着库尔茨的一个办事员,一个英国籍的混血儿领着一队小划子送来的。看来最初库尔茨曾打算自己回来,因为那会儿站上已经完全空了,既没有任何商品,也没有储存的食物了,可是在走出来三百英里之后,他忽然又决定自己折返回去,于是他就坐上一个由四个人划着的独木舟往回走,让那个混血儿继续沿河而下,送回了象牙。有人竟然会有这般行径,这似乎使那两个家伙十分诧异。他们不能理解,他究竟是出于什么动机。至于我,却仿佛第一次真正见到了库尔茨。那一瞥的形象是非常鲜明的——独木舟,四个划船的野蛮人和那个忽然转身逃开公司总部、逃开安逸生活、逃开——也许是——思家之念的孤独的白人,他把他的脸转向荒野深处,朝着他的空无所有的荒凉的站上走去了。我不知道他的动机是什么。也许他只不过是一个有血性的男子汉,他热心工作就只因为他喜欢工作。你们知道，他们一次也没提过他的名字。他只是'那个人'。至于那个按我想一定曾以高度的细心和巨大的勇气指挥了那次艰苦航行的混血儿，他们在提到他的时候永远称他是'那个浑蛋'。那个'浑蛋'曾报告说'那个人'害过一次重病——到现在身体还没有完全恢复……在我下边谈话的那两个人接着向远处走了几步，然后便在不远的一段距离中来回走着。我听到'军火站——大夫——二百英里——现在只剩一个人——不可避免的耽搁——九个月——没消息——只是一些奇怪的谣传'等片段的语句。后来正在那经理讲话的时候，他们又向我靠近过来，他说：'据我知道，除了有那么一个到处奔跑的商贩——一个命都不要的家伙，还没有任何人从土人手里弄到过象牙。'他们现在说的又是谁呢？根据我所听到的一些片段来判断，我猜想这人大概就在库尔茨的那个区活动,而且经理对他是极不喜欢的。'除非把这些家伙绞死一两个做个榜样,我们不可能完全避免不公正的竞争。'他说。'当然,'另外那个人咕哝着说,'把他给绞死!为什么不可以?在这里,什么事情——任何事情都可以干得。我就这样说。在这里,你知道,我说是在这里,没有任何人能危害你的地位。为什么?你能经受住这里的气候——你比他们当中哪一个都更能熬。危险是在欧洲。可是在我离开那里的时候,我已经尽量想办法——'他们朝远处走去,声音听不清了,接着他们的声音又高了起来。'这一连串出乎意外的耽搁并不是我的过错。我已经尽了我最大的努力。'那个大胖子叹了一口气,'太可悲了。''还有他那些该死的荒唐的谈话,'另外那个人接着说,'他在这儿的时候简直差点把我给烦死了。他说,这里的每一个站都应该像是设在大路边指向美好前景的灯塔,它们当然是贸易中心,但同时还应该负起增进人道主义、改善生活和施行教化的责任来。你听听——这个蠢材!而他还想当经理哩!不成,这是——'这时他由于过分激动,嗓子眼给卡住说不出话来了。我不禁微微抬起头来。没想到他们离我竟是那么近——就在我的身子下边。我可以把唾沫吐在他们的帽子上。他们都两眼朝地,正低头沉思。那经理用一根细树枝在撑着自己的腿,他的足智多谋的亲戚抬起头来:'你这次出来一直都很好?'另外那个人忽然一惊:'谁?我?哦!简直像是有鬼神保护——鬼神保护。可是别的那些人——哦,我的天哪!全都生病了。他们还都死得特别快,我简直来不及把他们从这儿运出去。简直让人难以相信!''嗯哼。就是这样,'他叔父咕哝着说,'啊,我的孩子,你就信赖这一切吧——我说,坚信这一切。'我看到他伸开他的一只短粗的像鱼鳍一样的胳膊做了个要把那里的森林、溪流、泥土和江河全都包括进去的姿势——他似乎要在这夕阳辉映的大地面前,假借一个欺骗性的挥手的姿态,向潜伏在那里的死亡、隐藏在那里的邪恶和那无边无际的黑暗深处发出罪恶的呼吁。这情况是如此令人惊异,我止不住一跳站起身来,扬头向着森林后边眺望,仿佛我相信,对他这种阴森可怖的信赖的表示,那边一定会做出某种回答。你们知道,一个人有时总不免会有些非常愚蠢的想法的。和这两个人默然相向的那高度的宁静,正以预示不祥的耐心等待着这次疯狂袭击的结束。

"他们俩忽然一起破口大骂——我相信,完全是出于恐惧——然后假装根本不知道我的存在,转身朝站上走去。这时太阳已经很低。他们两人尽量凑近，肩并肩往前走，仿佛劳累至极地拖着两个长短不同的可笑的影子往山上爬去，可在那影子慢慢从他们身后的深草上压过的时候，连一片草叶也没有被它压弯。

"过了几天，埃尔多拉多探险队走进了那片颇有耐心的荒野，它很快也就像海浪吞没潜水员一样把他们吞没了。很久之后，有消息传来，说所有的驴全都死掉了。至于那些比驴更下贱的动物下场如何，我就不知道了。毫无疑问，他们一定也和我们别的人一样，得到了应有的下场。我没工夫去打听。由于我可能很快就能见到库尔茨，心情颇有些激动。我说很快，只是相对而言。从我们离开那条小溪，正好又过了两个月，我们才来到库尔茨贸易站下面的河边。

"沿河而上的航程简直有点像重新回到了最古老的原始世界，那时大地上到处是无边无际的植物，巨大的树木便是至高无上的帝王。一条空荡荡的河流，一种无边无际的沉默，一片无法穿越的森林。空气是那样温暖、浓密、沉重和呆滞。在那鲜明的阳光下，你并没有任何欢乐的感觉。一段段漫长的水道，沿途荒无人烟，不停地向前流去，流进远方的一片阴森的黑暗之中。在银灰色的沙滩上，河马和鳄鱼紧挨着一同躺在阳光之下。越来越宽广的河水，越过一群群草木茂密的小岛，在这条河道上，你会像在沙漠中一样迷失去路，而因为急于想找到中心水道，你却只是整天在大大小小的沙洲上冲撞，直到最后，你禁不住想到你已经被鬼迷住，从此将和你所熟悉的一切永远隔绝——来到了某一个地方，非常遥远，也许完全是另外一个世界了。有时，在你绝没工夫思索自己的问题的时候，忽然间，往事却回到了你的心头。但它是以一种纷扰喧闹的梦境出现的，衬托着这个由植物、水和宁静组成的离奇世界的压倒一切的现实，你感到它完全不可思议。这种生命的宁静和平静并无丝毫相似之处。这是一种不可抗拒的强大力量正酝酿着一种深不可测的意图时的宁静。它用一种急于要报复的神态观望着你。后来我慢慢对它完全习惯了，我也就再看不见它了，我没有时间。我必须不停地试探着河道的位置，我必须设法，主要是靠灵感，寻找已被淹没的河岸的标记，我得注意没在水中的岩石。暗藏在水中的一个该死的老树桩就非常可能把我那个罐头盒似的汽艇破腹开膛，把船上的移民全给淹死，我多次完全凭运气危险地躲过了它们，慢慢也就学会了在我的心还没有彻底泄气之前紧紧咬住牙关。我还得注意哪里有枯死的树，当晚可以去砍来供第二天烧蒸汽之用。当你必须注意这类事情，这类只是在表面发生的一些事件的时候，现实——我说的是现实——自然就会暗淡无光了。内在的真实始终是隐藏着的——这倒是很幸运，很幸运。可是我却照样能感觉到它，我常感到它的神秘的宁静正注视着我，看我表演我那套猴把戏，正像它也观望着你们这些家伙，看着你们——为了，你们叫它什么来着？两分半钱一跟头——在你们各自的钢丝上表演一样。"

"说话尽量客气点，马洛。"一个很粗的声音抱怨说，我因而知道除我之外，听故事的人中至少还有一个是醒着的。

"我请你原谅。我忘记了那点钱所买到的东西里还包括一阵心痛。说实在的，只要咱们的把戏耍得好，价钱有什么关系？你们的表演就很好。我这套把戏耍得也不坏，因为我在那第一次的航行中总算保住了我那条船，没让它沉下去。直到今天我还觉得，那真是一个奇迹。你简直可以想象，这等于是让一个蒙住眼睛的人，开着一辆大汽车闯过一段十分危险的道路。实话对你们说吧，那一趟航行真让我不知多少次满头冷汗，浑身发抖。归根到底，对一个海员来说，要是让那个本该老漂着的玩意儿，在他的驾驭下把底儿给蹭穿了，那可是一件不可饶恕的罪行。也许谁也不会发觉你的罪行，可是你自己却永远也不会忘记那噌的一声——嗯？那等于是在你自己的心上挨了一拳。你将永远记得它，梦见它，夜里醒来也想着它——直到多少年后——一想起来还止不住浑身冷一阵热一阵地冒汗。我不打算跟你们吹牛，说那条汽船一直都是漂着的。有好几回，它不得不贴着河底慢慢蹭过去，还有二十个吃人的生番围着它噼噼啪啪溅着水推着。我们在路上招收了那么几个人给我们当水手。真是好样的——那些吃人的生番——只要你不招惹他们，他们能跟你合作得很好,我对他们非常感激。再说,当着我的面,我从来也没见他们谁吃过谁:他们带着好些已腐烂的河马肉,弄得那荒野的神秘气息都让我闻着发臭了。呸!我现在都还能闻到那股味道。我船上载着经理,还有三四个拿着棍子的外来移民——全都完好无缺。有时,我们来到河岸边一个贸易站,靠近未开发地区的边缘,于是就有些白人从他们歪歪斜斜的棚屋中跑出来,兴奋而惊异地手舞足蹈,对我们表示欢迎,那样子看起来都非常奇怪——仿佛他们是被什么符咒给禁锢在那里了。于是,象牙这个词儿又会在空气中震荡一阵,接着我们又驶入静寂中去,沿着空荡荡的河道,绕过无声的河湾,穿过蜿蜒河道的高耸的岸壁,汽船螺旋桨沉重的拍打引起空洞的回声。树木,成千成万的树木,高大、粗壮,一直向高处伸去。在它们的脚下,这只满身泥浆的小汽艇紧贴着河岸逆流而上,像一只小爬虫,懒懒地爬行在高大门廊的台阶上。这情景让你觉得自己非常渺小,非常空虚而迷惘,可是这种感觉也并非完全是一种压抑感。不管怎样,即使你很渺小,你那只满身泥污的爬虫却仍然在向前爬着——这正是你对它的要求。那些外来移民设想它将爬到什么地方去,这我不知道。不过我敢打赌,他们准设想它将爬到他们能指望捞到点什么的地方去!至于对我来说,它正爬向库尔茨——别无其他目的。可是当船上的蒸气管开始漏气的时候,我们可是爬得真够慢的了。一段段河道在我们面前展开,然后又在我们身后消失,那情景真仿佛是岸上的森林都缓缓走过来,跨过河水,挡住了我们的退路。我们一步一步更深入黑暗的腹地去。那里非常宁静。夜里,有时会从树林的屏障后面响起一阵阵隆隆鼓声,一直传向河的上游，微弱的余音经久不息，仿佛在我们头顶上的高空中回荡，一直延续到天明。这鼓声所表示的究竟是战争，是和平，还是祈祷，我们无从知道。黎明，以一阵自天而降的凄凉的清寒作为先导，来临了。伐木工人仍然睡着，他们的篝火已临近熄灭，这时一根小树枝折断的声音也能让你一惊。我们是史前大地的游荡者，我们所在的这个地球，外貌完全像一个未知的天体。我们简直可以假想，我们是前来接收一份可诅咒的遗产的第一批人，必须以极深的苦痛和极大的辛劳作为代价，才有可能消除掉它将带来的灾祸。可是，正当我们十分艰难地绕过一个河湾的时候，眼前却可能突然出现一大片芦苇墙，茅草尖屋顶，一阵突然爆发的狂喊，在一片浓密、低垂、一动不动的枝条下，许多只黑色的手臂在挥动，许多双手在鼓掌，许多只脚在跺地，你可以看到无数摇晃着的身躯和转动着的眼睛。汽艇沿着这一片黑色的不可理解的狂乱情景慢慢前进。这些史前人是在诅咒我们,是在向我们祈祷,还是在欢迎我们——谁知道呢?我们已被切断了对我们所在环境进行理解的通路。我们好似幽灵一般地滑过去,很像是一些面对着疯人院暴乱的头脑清醒的人,百思不解,又暗自感到惊恐。我们之所以不能理解,是因为我们已经离得太远,无法记起了,因为我们是在地球开始时期的黑夜中旅行,那段时间早已过去,几乎没有留下任何痕迹,也没有留下任何记忆。

"这片土地似乎完全没有泥土气息。我们全都习惯于观看被征服的戴上镣铐的怪物,可是在那里——在那里,你却可以看到一个完全自由的怪东西。它不属于尘世所有,这些人也一样——不,绝不能说他们是无人性的。是啊,你们知道,最糟的就是这个——怀疑他们并非没有人性。你会慢慢染上这种怀疑的。他们号叫着,转着圈做出种种可怕的鬼脸。可是真正让你激动的,正是这种认为他们也——和你我一样——具有人性的想法,他们这种狂野和热情的吼叫使你想到了你自己的远祖。丑陋。是的,的确是很丑陋。可是如果你是个真正的人,你自己就会承认,那可怕的无所顾忌的吵闹声,在你心中也能引起极端微弱的共鸣,你也隐约感到,那声音似乎包含着某种你——你这个离开地球开始时期的黑夜已经那么遥远的人——也能够理解的意义。为什么不能呢?人的思想能够想象一切——因为一切都包容在人的思想之中,过去的一切以及将来的一切。但那里究竟有些什么?欢乐、恐惧、悲愁、虔诚、勇气、愤怒——谁知道呢?——但是真实——剥去了时间外衣的真实。让傻子张大着嘴去惊慌失措吧，人是能够理解的，可以面对着它连眼睛都不眨一下。可是，他至少必须和岸上的那些人一样尚不失其为人。他必须凭他自己的真实感情——自己天生的力量——去面对那个真实。凭原则是不行的。身外之物，衣服，漂亮的遮体布片——受到一次强烈的震动便会飞掉的布片。凭这些可不成，你需要的是一种经过慎重考虑的信念。那鬼叫一般的咆哮是对我发出的呼吁——对吗？那很好。我听见了。我承认，可是我也有我的声音，好也罢坏也罢，我讲的话是谁也不能压制下去的。当然啰，一个傻子，一味害怕，情操高尚，他永远是安全的。谁在咕哝着什么来着？你们奇怪，我为什么没有跑上岸去，跟他们一起去喊叫和跳舞吗？是呀，没有，我没去。你们会说，是情操高尚吗？情操高尚，去他娘的吧！我没有时间。我不能不忙着用白灰泥和一条条撕开的毛毯子,帮着把那漏气的蒸气管道包住——情况就是这样。我必须随时留意行驶的情况,躲开水里的树桩,不管使什么招,好赖让这个罐头盒能够向前开去。在这些事情里面,有足够明显的真相,不是非要比我更聪明的人才能看得明白的。每隔一阵,我就得注意看看担任司炉的那个野人。他是一个经过改良的标本,能看好一个立式锅炉的炉火。他就在我的下面,说句真话,看着他就像看着一条穿着漂亮短裤、戴着插有羽毛的帽子、用两条后腿走路的狗一样让你获得教益。几个月的训练对这个确实不错的家伙是有效的。他显然鼓足了勇气斜着眼去看那蒸气压力表和水位表——他的牙齿也是用锉子锉过的,这个可怜的家伙,羊毛似的头发剪成非常奇怪的式样,两边的脸颊上还各有三个作为装饰的伤疤。他原本应该到岸上和他们一起去鼓掌、跺脚的,而现在他却在这里劳苦地工作,成了一种奇怪的巫术的奴隶,学到了起教化作用的知识。他有用,是因为他受到了教导,而他所知道的却是——如果那个透明的管子里的水没有了,锅炉里的魔鬼就会渴得受不了,因此大发脾气,马上进行可怕的报复。所以他始终不辞劳苦,一面添火,一面随时恐惧地观望着那个玻璃管(他有一个临时性的护身符,用破布做的,拴在胳膊上,还有一根磨光的骨头,和手表一样大小,平贴着穿在他的下嘴唇上),就这样,那长满树木的河岸慢慢从我们身边滑过去,那一阵短促的吵闹声也就被留在我们身后了,于是又是无数英里的寂静——我们就这样爬行着,爬向库尔茨。可是河水中的树桩越来越密了,极浅的河水危机四伏,那锅炉里仿佛真装有一个正发脾气的魔鬼,弄得不论是我,还是那个司炉工都没有片刻的时间去理会自己烦乱的思绪了。

"距内陆站大约五十英里的地方,我们来到一间芦苇棚屋前面,那里还有一根歪斜的忧郁的旗杆,上面悬挂着几缕破布,当年那玩意儿必定是一面随风飘扬的旗子,现在已不复辨认了。此外还有一堆堆得很整齐的木材。这是我们完全没有料想到的。我们爬上岸去,在那堆木头上还发现了一块木板,上面写有已变得很模糊的铅笔字迹。经过反复辨认才认出那写的是:'给你们预备的木头。赶紧上行。靠近时要十分小心。'下面有个签名,可完全认不出来——不是库尔茨,这个名字要长得多。赶紧上行。往哪儿?沿河往上?'靠近时要十分小心。'我们方才可并没有这样做。这警告指的绝不是这儿,因为我们必须先靠近了才能找到这牌子的。上面一定出了什么事情。可是,是什么事呢?有多严重?那可是个问题。我们对这个愚蠢的电码式的留言发了一通牢骚。围绕着我们的丛林一声不响,也不容我们看得更远。房子的门洞上悬挂着一块已撕碎的红斜纹布帘子,老是噼里啪啦打在我们的脸上。屋里的东西已经完全搬走,可是我们可以看得出来,不久前这里曾住过一个白人。屋里还留有一张粗糙的桌子,也就是用两根木桩支起的一块木板,在一个阴暗的角落里还堆着一些垃圾。我在门口拾到了一本书。书的封面已被扯掉,书页也已被翻得又脏又烂,可是书脊却用白棉线很仔细地重新装订过,那白线看上去还非常干净。这可是个不同寻常的发现。书名是《驾船技术探索》,是一个名叫陶尔或陶森——反正差不多是那么个名字——的人写的。他是皇家海军的一位船长。书的内容看来非常枯燥,附有好些说明性的图表和令人讨厌的数字表格,是六十年前出版的。我尽可能小心翼翼地拿起了这件令人惊异的老古董,唯恐它会在我手里化掉。在书里,那个陶尔或者陶森十分认真地探索了船上的锚链等的最大拉力,以及其他一些类似的问题。这不是那种让人一拿起便不忍释手的书,不过你一眼就能看出,它有一个非常单一的目的:对正确的操作方法的诚挚关心。这就使得这本几十年前印成的平凡的书,给人的教益超越了其专业本身。那位朴实的老水手和他关于锚链和绞盘的谈论,让我完全忘记了四周的丛林和那些外来移民,沉入一种因终于接触到无可怀疑的真实而唤起的甜蜜感觉之中。这里竟会有这样一本书,这已经够让人感到惊奇了。可是更让人惊异的,是书页上边还有用铅笔写下的显然和正文有关的笔记。我简直不能相信自己的眼睛!那笔记还全是密码!是的,看来非常像密码。想一想,怎么可能会有人把那么一本书弄到这样一个鸟不生蛋的地方来,研究它——写下笔记——而用的却是密码!这可真是太神了。

"我一直模模糊糊仿佛听到一阵令人厌烦的嘈杂声,我抬起头来,看到那堆木头已经全部被搬走,经理在全体外来移民的帮助下,正在河边朝我大声叫喊。我把那本书塞进口袋里。告诉你们,当时让我放开那本书,可真有点像是有人强拉着我离开一个真正知心的老朋友的家。

"我开动那条跛脚船再往前驶去。'准是那个可怜的商人,那个捣蛋鬼。'经理叫喊着,回头恶狠狠地看着我们刚离开的那个地方。'他一定也是个英国人。'我说。'他要是不小心,单凭是英国人并不能保证他不遇到麻烦。'经理脸色阴沉地说。我于是装作很天真地回答,在这个世界上谁也不能保证不遇到麻烦。

"河水流得更急了，我们的汽船似乎随时都可能咽气，船尾的螺旋桨有气无力地慢慢拍打着，我发现我自己正踮起脚、屏住气，十分关切地在静听着下一次的拍打声。因为说句清醒的真心话，我随时都在等待着那可怜的玩意儿了账。这简直有点像观看一条生命的回光返照。可是我们仍然向前爬行着。有时候我选定前面不远的一棵树作为标尺，来测量我们朝库尔茨前进的速度，可总是不等我们靠近，我就已经找不见它了。把一双眼睛长时间老盯着一样东西，最有耐心的人也难以办到。经理表现出了一种美妙无比的听天由命的神态。我当时非常气恼，并且在心里暗暗跟自己辩论，我到底要不要去公开和库尔茨谈谈。可是，在我还没有得出任何结论之前，我已完全明白，我的谈话或者我的沉默，说实在的，不管我采取任何行动，都不过是白费劲。一个人知道点什么,或者不知道点什么,又有什么关系?一个人有时总会有这种一闪而过的明智想法的。这件事的本质问题深深地隐藏在表面现象之下,非我所能理解,也非我的力量所能干预。

"第二天临近黄昏的时候,我们估计离库尔茨的贸易站大约还有八英里。我希望赶快前进,可是经理摆出一副显得极其严肃的神态对我说,再往上航行非常危险,太阳已经快落山了,现在,只有就地停泊下来,等第二天早晨再起航,才是最明智的办法。他还指出,如果我们接受靠近时要十分小心的警告,那我们就只能在白天往那边靠近,而不能在黄昏时候或者天黑以后。这番话当然很有道理。八英里路对我们来说,就是将近三个小时的航程,再说在那段河道的上游,我也真看到一些令人起疑的波纹。不管怎样,再次的耽搁简直使我烦恼至极,但这也实在毫无道理，因为既然几个月都过去了，又何必在乎这一个晚上呢？我们现在已有了充足的木材，的确应该小心为上，我于是就把船开到河心停了下来。那里的河道狭窄、笔直，两边是像铁路路基一样的高岸。早在太阳完全落下去以前，浓密的暮色便已流入了这一带的河谷。河水平稳而急速地流动着，但沿河两岸却只见到毫无声息的静止。那应该带着它的藤蔓不停摇动的葱郁的树木，那乱草丛中的每一丛生长着的灌木，直到它的最细小的枝条，甚至最柔软的叶片似乎都已经化作石头了。这不是睡眠状态——这情况似乎极不真实，仿佛因一时出神，全呆住了。四周听不见任何最微弱的声音。你惊愕地四面观望，止不住怀疑你自己的耳朵是不是完全聋了，接着黑夜突然来临，让你的两眼跟着也完全失明了。在凌晨大约三点的时候，有些大鱼在河水中跳跃，那巨大的噼啪声能让你惊跳起来,仿佛听到了一声炮响。太阳升起以后,你只见到处是一片暖和的发黏的白雾,比黑夜更为彻底地让你什么也看不见。那雾始终一动也不动,就停留在那里,像一种固体的物质包围着你。也许到八九点钟,这雾会像打开一扇百叶窗一样忽然散开。那时我们就可以看到大片高大的树林,连成一片的无边的丛林,还看到太阳像一个发光的小球悬挂在它们的上空——一切都是全然静止的——然后那白色的百叶窗,仿佛在抹过油的槽道中滑行一样,又一次平稳地滑落下来。我下令把往回收的锚链再放出去一些。那锚链发出的一阵低沉的嘎嘎声还没有完全停止,突然一阵叫喊,仿佛从那无限凄凉中发出的一阵巨大的叫喊声,慢慢升到了半透明的空中。叫声停止了。一阵混乱的哭喊声,夹杂着野人的不协调的吼叫,震荡着我们的耳鼓。这事态发生得突然,我感觉帽子里的头发全直立起来了。我不知道别人当时有什么反应:在我听来,那混乱而凄怆的吼叫声来得那么突然,而且似乎是从四面八方同时发作,我真以为是周围的浓雾突然一齐尖叫起来了。最后,紧接着是一声几乎让人无法忍受的突然爆发的尖叫,一发即止,使得我们全都以各种各样愚蠢的姿态呆住了,拼命竖起耳朵,向着那几乎同样可怕、同样令人难以忍受的寂静倾听。'我的上帝!这是什么意思呀——'在我身边有一个外来移民咕哝着说。他又矮又胖,长着土红色的头发和红色的胡须,穿着一双弹力靴、一身红色的睡衣,裤管塞在袜子里面。另外还有两个人张大嘴呆了足有一分钟,然后突然冲进一间小仓房里去,马上又发疯似的冲出来,站在那里两眼发直,恐惧地到处张望,手里拿着已经'上膛'的温切斯特式步枪。我们当时能看见的，只是我们乘坐的汽船，它轮廓模糊，仿佛马上就要融化了，还有就是围绕在它四周的一圈雾蒙蒙的大约两英尺宽的水面——此外便什么也看不见了。就我们的听觉和视觉所及，整个世界已无处找寻，就那么荡然无存了。它不见了，消失了，就那么忽然飞走，没有留下半点声息，半点痕迹。

"我往船头跑去，下令赶快收紧锚链，做好准备，在必要时立即起锚前行。'他们会对我们发动攻击吗？'一个充满恐惧的声音低声问道。'在这一片大雾中，我们全会让他们给杀死的。'另外一个声音喃喃说。一张张脸紧张地扭动着，手在微微发抖，眼睛已经忘记眨动了。把这些白人的表情和我们船上黑人水手的表情对比一下，实在非常有趣，黑人对这一带地方同我们一样生疏，尽管他们的家离这里只不过八百英里。那些白人，自然心情十分不安，还露出一副滑稽的神态，显然让狂乱的吵闹声给吓坏了。那些黑人则是一副警惕的、很自然的关注的表情。他们的脸色基本上是平静的，他们中有一两个在往回收锚链的时候甚至还咧着嘴笑了。他们咕咕哝哝彼此讲了一两句话，仿佛这就使他们对眼前的事得到了满意的解释。那领头的，一个膀大腰圆的年轻黑人，披着一件深蓝色的带流苏的衣服，长着两个大得可怕的鼻孔，头发非常巧妙地梳成一个个油亮的发卷，这时正站在我的身边。'啊哈！'我说，只为表示一点友善的意思。'抓住他们，'他大声说，眼里的血丝在扩张，尖齿闪闪发光，'抓住他们，把他们交给我们。''交给你们，干吗？'我问道，'你们要拿他们怎么办？''把他们吃掉！'他非常简单地说，把一只胳膊倚在栏杆上，带着庄严的沉思的神态向远处的浓雾观望着。毫无疑问，要不是我忽然想到他和他的伙伴们一定都饿得要死了，我当时肯定会被吓坏的：至少在最近一个月中，他们一定越来越感到饥饿难忍了。原来跟他们说好，雇用期是六个月（我不相信他们中有任何人会有任何明确的时间概念，正像我们在无数世纪以前一样。他们仍然属于时间的初始阶段，可以说，还没有继承下足够的经验来教会他们这一点），不过，当然啰，现在既然有了根据海口那边某种可笑的法律写下的文书作为依据，至于他们依靠什么活着，谁耐烦去过问呢。是的，他们来的时候曾带来一些腐烂的河马肉，但不管怎样，即使那些外来移民不曾在一阵讨厌的吵嚷声中把相当数量的肉扔到河里去，那也不可能维持很长时间。这看来好像是一种不讲理的压迫行为，可这实际上是一种合法的自卫。不论在醒着、睡着，还是吃饭的时候，你没法不随时都闻着死河马肉的味道，同时还要维持住你那随时都可能丧失的生命。除此之外，他们每星期还能得到三段铜丝，每段大约有九英寸长，作为报酬。从理论上讲，他们可以拿这种货币到河边的村子里去买他们的食物。你们可以想到结果会怎样。要么找不到村子，要么只能找到一些抱敌对态度的村民，要么就是那位经理，他跟我们一样靠罐头过活，有时还能额外吃上一只公羊，但他出于某种往往令人难以理解的理由，不肯让轮船停泊。所以，除非他们能把铜丝吞下去，或者用铜丝做成圈套到河里去抓鱼，否则我就看不出他们的这极高的工资对他们会有什么实际用处。我必须说，工资倒是付得十分及时的，不愧是一个守信誉的大贸易公司的派头。此外，我看见他们仅有的食物——尽管看起来完全不像可以吃的东西——是几小块肮脏的深紫色的东西，好像半熟的面团，他们把那东西用树叶包着，有时拿出来吞一小块，可是吞下的量是那样地少，让人不能不感到他们那样做完全只是为了做做样子，并不真是为了那个十分严肃的目的：维持生命。他们为什么没有以撕裂心肝的饥饿的魔鬼的名义，抓住我们——他们三十个对我们五个——痛痛快快饱餐一顿，我现在想起来，还觉得简直无法理解。他们都是些身材高大的强壮的男人，不大会去考虑什么后果问题，尽管当时他们的皮肤已经不再是那么光亮，肌肉不再是那么板结了，他们还是具有足够的勇气和力量的。我看这里是某种起抑制作用的东西，某种能阻止某些可能行为的人性的奥秘在发生作用。我带着迅速增长的强烈兴趣观望着他们——不是因为我想到，也许不要多久，我就会被他们吃掉。尽管我向你们承认，就在那时我已经发现——仿佛忽然从一个新的角度看到——那些外来移民看上去是多么不卫生,而我希望,是的,我真希望我的外表绝不会是那样——应该怎么说呢?——那样——让人一看就倒胃口:这一点荒唐的虚荣心和当时弥漫在我生活中的如梦如痴的感觉,是完全相适应的。也许我那时正有点发烧。一个人总不可能一天到晚老把手指头按在自己的脉搏上。我常常有'一点低烧',或者有点别的什么毛病——被荒野开玩笑地挠了一爪,或者说是一次必将来临的严重攻击前的一个无关紧要的前奏罢了。是的,我用你们看待任何一个人的态度看待他们,急于想知道他们的冲动、动机、能力和弱点,以及他们在遭到不可抗拒的肉体上的考验时可能做出的反应。忍耐!什么样的忍耐?那是出于迷信、厌恶、耐心或者恐惧,还是出于某种原始的正义感?任何恐惧也经不住饥饿的冲击,多么强大的耐心也不可能抵消饥饿的痛苦,在饥饿的面前根本就不存在厌恶的心情。至于什么迷信、信念,或者你们所说的什么原则,它们比微风中的草灰更加分文不值。你们知不知道,长时间饥饿的可怕折磨、它所带来的使人发疯的痛苦、它所引起的阴森的思想和它那冷酷的、时刻存在的凶残是一种什么样的滋味?啊,我可知道。它能让一个人把他的一切力量全使出来去和饥饿进行斗争。和这种长时间存在的饥饿相比,家里死人,或灵魂遭到毁灭,也都比这个好受多了。实在可悲得很,但这是实情。他们那些家伙也同样没有任何人世间的理由应该有所犹豫。忍耐!我还不如指望一条在战死者的尸体中奔跑的鬣狗表现出这种忍耐呢。然而,这却是摆在我面前的一个事实——这个令人眼花缭乱的事实,像深海面上的泡沫,像深不可测的奥秘外表的一点微波一样清晰可见,而且比——我现在回想起来——从一片白茫茫的雾气后边传来,在那河岸边由我们身边扫过的野人的号叫声中所包含的那种无比凄婉、十分离奇和难以理解的情调,更加神秘得多。

"有两个移民正用急促的耳语在争吵着应该向哪边的河岸靠近。'左边。''不能,不能,那怎么行呢?向右,向右,当然!''情况看来非常严重,'我身后传来经理的声音,'如果在我们到达以前,库尔茨先生出了问题,那可真要让我伤心死了!'我对看了他一眼,丝毫也不怀疑他是十分认真的。他那种人,不论对什么事都希望大面上能过得去。这就是他的忍耐。但听到他咕哝着说,要赶快开船前进的时候,我根本没有搭理他。我知道,他也知道,这是完全不可能的。我们只要一离开河底,那我们就会完完全全飘在空中，飘到太空中去。我们就无法弄清我们到了什么地方——无法弄清我们是在向上游还是向下游，或者是在横着行驶——一直到我们再靠近这边或那边的河岸的时候，即使那样，一开头我们也还会弄不清那是哪一边。当然，我根本没有开动。我不打算把我们的船给撞毁。你无法想象出，还有什么地方比在这里遇上船祸更为可怕的了。不管你会不会马上淹死，我们反正会不是这样就是那样迅速地送掉性命。'我命令你冒一切危险前进。'他在片刻沉默之后接着说。'我拒绝冒任何危险。'我简单地回答。这正是他所期待的回答，尽管我说话的声调可能让他颇为吃惊。'那好吧，我必须尊重你的判断，你是船长。'他装出十分客气的样子说。我为了对他的话表示赞赏，立刻侧过身去，看着远处的大雾。这雾会延续多久呢？前景看来十分不妙。我们现在要朝着在凄凉的乱树丛中搜刮象牙的库尔茨靠近,不料竟遭到了这么多的艰难险阻,简直仿佛他已变成被符咒迷住、沉睡在神奇的古堡之中的公主了。'他们会进行攻击吗,照你看?'经理用一种表示信赖的声音问道。

"我不相信他们会进行攻击。这有几个很明显的理由。雾太浓是其中之一。如果他们坐上他们的独木舟离开河岸,那他们也会和我们现在如果随便轻举妄动一样完全迷失方向。此外,按我判断,我还认为两岸的密林显然无法穿过,可是里面却有许多双眼睛,它们能看见我们。河岸边的丛林无疑非常浓密,可它后面的乱草丛看来是可以穿过的。无论如何,在浓雾暂时消失的那一刻,在整个河道上我没有看到任何独木舟——至少肯定没有一条和我们的船在平行的位置上。但是,真正使我不相信他们会进行攻击的,是那声音——就是我们刚才听到的那阵喊叫声的性质。其中并没有预示即将采取敌对行动的凶猛气味。尽管那声音来得那么突然，又那么粗野和凶恶，它给我的印象只是一种难以抗拒的悲伤情调。由于某种原因，我们的汽船的出现使那些野人心中充满了无限悲伤。我当时解释说，如果真有危险，那只可能是由于我们触动了一种巨大的突然迸发的人的激情。甚至极端的悲哀最后也可能以暴力形式表现出来——不过在大多数情况下，它总表现为一种冷漠……

"真可惜你们没有看到那些外来移民两眼发直的神情！他们没有勇气微笑，甚至也没有勇气来责骂我，可是我相信，他们——也许由于恐惧——一定以为我发疯了。我发表了一通郑重其事的演说。我的可爱的伙计们，光烦恼是没有用的。要注意观察？是呀，你们也许可以想到，我正像猫儿注视着耗子似的密切注意着,寻找浓雾消失的迹象。可是当时我们真像是埋在了几英里深的棉絮里,我们的眼睛对任何别的东西都已经不起作用了。那雾和棉花真是十分相似——让人憋气、发热,简直要闷死人。此外,我讲的那些话,尽管听来仿佛有些离奇,却绝对符合事实。我们后来称作进攻的那次行动,实际不过是企图把我们轰走。那行动远不是进攻性的,甚至也不是一般所说的防御性的:那只是在完全无可奈何的情况下采取的行动,本质上纯粹是为了自卫。

"我必须说,在浓雾消失了大约两个小时之后,事态进一步发展了,发端的地方粗略地说,离库尔茨的贸易站大约还有一英里半的路程。我们刚刚蹭着河底勉强绕过一个河湾,我却看到在河中心有一个很小的小岛,或者说只不过是一个绿草覆盖的土丘。一眼望去,河中只有这么个小岛。可是在我们更深地进入那段河道以后,我发现那岛实际只是一条长形沙洲的一端,或者也可说是河中心一直向前伸去的一连串小沙丘中的第一个。沙丘颜色很暗。这隐没在水面下刚刚接近水面的一串小岛,看上去恰似隐伏在人的皮肤下面的脊梁骨。我当时认为,我同样可以在沙洲的左边或右边行驶。我当然对两边河道的情况都一无所知。所有的河岸看来都完全一样,深度似乎也差不多。但因为有人告诉过我,那个站是在河的西岸,我自然把船向西边的那条道驶去。

"船几乎还没有完全开进去,我就发现那条道比我原来想象的要狭窄得多。这时,在我们的左边是那条很长的连绵不断的沙洲,右边则是一排长满乱七八糟刺丛的又高又陡的河岸。刺丛上面耸立着一排排密集的大树。河水上空到处垂挂着大树的浓密的枝叶,一根大树枝从远处伸过来横在河水上。那时已是下午三四点钟光景,树林的外表看上去十分阴沉,把一片宽广的影子投在河水之上。我们就在这阴影中向前航行着——你们可以想象,速度非常缓慢。我把船贴近岸边驶去——从测水杆的情况看,靠近河岸边的水最深。

"我的一个饥饿的、耐着性子的朋友就在我下边的船舷边一次次测量着水的深度。我们那条船完全像一只带甲板的驳船。甲板上面有两间柚木房子,门窗俱全。锅炉在船的前端,机器却都在船尾。在这一切之上是一个轻巧的顶棚,由几根柱子支撑着。通风筒直伸到顶棚外面。通风筒前面有一间用薄木板搭起的小房子,那就是驾驶室。驾驶室里有一张矮榻,两个小凳子,一支已经装好子弹的马蒂尼-亨利来复枪倚在一个角落里,还有一张很小的桌子和驾船的舵轮。这房子前面是一个宽大的门,左右各有一面宽阔的窗子,所有的门窗当然一般都是敞开着的。我白天就蹲在门前面那顶棚的前沿上。晚上,我便躺在那矮榻上睡觉,或者说试图睡觉。从海岸那边某个部落来的一个身体强壮的黑人,曾受过我的前任的训练,他现在是船上的舵手。他耳垂上戴着一对铜耳环,从腰到小腿都用一块蓝布包裹着,自己总以为很了不起。他是我所见过的那种最缺乏定见的傻瓜。他驾船的时候,你要是在他身边,他总摆出一副自己不知有多大能耐的架势。可他只要一看不见你,便立刻处处缩手缩脚,心慌意乱,不到一分钟就拿那条跛脚汽船毫无办法了。

"我低头看着测水杆,看到它每往水里扎一次露出水面的部分便更多几分,心里感到非常苦恼,而这时,我却看到我那测水员忽然丢下工作,直着身子躺在甲板上了,而且他甚至连那个测水杆都懒得拿上船来,只是用一只手抓住它,任它在水上漂动。与此同时,就在我下面,我站在那里也能清楚看到的那个司炉,现在也在炉子前面坐下来,抱住了自己的头。我感到非常吃惊。这时我还得迅速地转眼注视着河面,因为就在船行进的航道上又出现了一个大树桩。许多棍子,细小的棍子到处乱飞——密密麻麻的:它们从我的鼻子前面嗖嗖飞过,落在我的脚前,还有些扎在我身后的驾驶室的墙上。而整个这段时间,河面上、河岸上和树林里却一直很安静——十分安静。我只能听到螺旋桨沉重的拍水声和那些玩意儿的啪啪声。我勉勉强强躲过了那个树桩。箭,我的天哪!我们受到攻击了!我赶快跑进去把对着河岸那边的窗子关上。那个笨蛋舵手,两手抓在舵轮把柄上,高高抬起膝盖,使劲往地上顿脚,还不停地龇牙咧嘴,活像一匹被勒紧缰绳的马。该死的东西!我们的船摇摇晃晃地溜过去离河岸已不到十英尺了。我必须探出身子去把那沉重的百叶窗给拉上,这时我却看到,在和我同样高度的一片树林中,有一张脸正凶猛地、一动不动地看着我,接着忽然间,仿佛挡在我眼前的一块面纱被突然揭去,我看到那阴暗的刺丛中到处是光着的胸脯、胳膊、腿和闪光的眼睛——那一片丛林里挤满了棕色的、闪着光的、活动着的人体。那里的树枝摇晃着,摆动着,沙沙发响,一支支的箭也就从那里飞了出来。紧接着我把百叶窗关上了。'向正前方航行。'我对那个舵手说。他呆呆地昂着头,脸向前伸,但他的眼睛转动了几下,仍然不停地抬起脚来又轻轻放下,嘴里还直吐白沫。'别乱动了。'我愤怒地嚷嚷着。我简直还不如去告诉一棵风中的树,叫它不要摇动。我冲了出去。在我下面，铁皮甲板上有许多双脚在来回奔跑，许多人的叫喊声乱成一片，有一个声音尖叫着说：'你不能把船往回开吗？'我看到前面水面上有一个V字形的水纹。什么？又一个树桩？一大排箭落在我的脚边。那些外来移民已经用他们的温切斯特式步枪开火了，可他们只不过是把铅弹胡乱射在那边的树丛中而已。顿时，一大片烟雾升起来，向后慢慢飘去。我望着那烟雾咒骂了几声。现在我已经看不见那水纹或者木桩了。我站在门口，从门缝里偷望，箭如飞蝗一般飞来。这箭头可能上过毒药，可是它们看上去倒像是连一只猫也伤害不了的样子。那片丛林开始号叫起来。我们的伐木工人发出一阵冲杀的喊叫，就在我身后响起的来复枪声把我的耳朵都震聋了。我扭转头看了一眼，当我一纵身向舵轮冲去的时候，我的驾驶室里还充满着乱七八糟的声音和一片烟雾。那个愚蠢的黑人,为了要推开窗子向外发射马蒂尼-亨利来复枪,把什么都给打翻了。他站在那个宽阔的窗口,瞪眼向外望着,我大声叫着,要他退回来,同时匆匆一扭舵盘,矫正了航道,没让船朝一边歪去。我现在即使想回头也毫无回旋余地了。那树桩就在前面不远那团该死的烟雾下面,片刻也不能再耽搁,我只得把船向河岸边挤,直接对着河岸冲去,我知道那里的水比较深。

"我们缓缓向高悬在头顶上的一大片枝头冲过去,弄得被折断的树枝和被撞落的树叶四处乱飞。岸上射来的成排的箭已经停止,我原就想到,他们在把一批箭使完之后总要停一阵的。我向后一扬脑袋,躲过了闪着光嗖的一声穿过驾驶室的一支箭,它从这边窗口进来又从那边窗口飞了出去。那舵手正乱晃着他那支已经没子弹的来复枪,向着岸上大喊大叫,我越过他的身体向前望去,隐约看到一些人弯着腰奔跑着,跳跃着,向前滑行着,一会儿清楚,一会儿又模模糊糊,接着又忽然完全消失了。在那扇窗子前面有一件什么很大的东西飞过来,那支来复枪立即掉到了水里,那人迅速往后退了几步,带着一种非常奇怪的、难以理解但又十分熟悉的神态扭头朝我看了一眼,然后就倒在我的脚边了。他的头的一边在驾驶轮上磕了两下,一根看来像藤条的长棍噼里啪啦甩过去打翻了一个小凳子。他那神情很像是从岸上什么人手里夺过了这根棍子,因而失去重心倒下了。眼前的薄雾已被风吹开,我们也完全躲过了那个树桩,朝前望去,我现在可以看到再往前大约一百码我就可以让船外行,离开河岸了。可是我这时感到脚里又热又湿,忍不住低头看一眼。只见那人已滚过来仰身躺着,两眼直盯着我，两手紧抓着那根藤杖。那是一根长矛的木杆，不知是从窗口扔进来的还是扎进来的，直接扎进了他肋下的腰边，矛刃可怕地扎出一股热血，随即埋在肉里看不见了。我的鞋里灌满了血。在舵轮下面的甲板上，有一小摊血积在那里，发出紫红色的闪光。他的眼睛里射出一股可怕的光。大批箭的攻击又开始了。他不安地看着我，两手抓住那长矛，仿佛那是一件什么宝贵东西，唯恐我会从他手里夺走了。我好不容易才从他身上移开我的视线，集中注意去驾驶。我用一只手在头顶上摸到了拉汽笛的绳子，接连急速地拉响了汽笛。一片混乱的愤怒的喊杀声立刻被打断，接着一阵充满恐惧和高度绝望的喊叫声——战栗着的拖得很长的哭泣声，从树林深处传了出来，你简直会认为，他们大约是看到整个世界的最后一个希望也彻底消失了。那丛林中也立刻是一片混乱。雨点般的箭已完全停止,几支散射的箭发出几声尖厉的嗖嗖声,然后便是一片沉寂,于是我又清楚地听到了螺旋桨懒洋洋地打水的声音。在我使劲把舵向右打去的时候,那个穿着红睡衣的外来移民,神情十分激动地出现在门边。'经理让我来告诉你——'他打着官腔正要说下去,却突然停住了。'我的上帝。'他说,呆呆地看着那个受伤的人。

"我们两个白人站在他的身边,仿佛让他那闪着光的有所探索的眼神给纠缠住了。我现在要说,瞧他那眼神,你感到他像是马上要用某种我们所不能理解的语言,向我们提出一个什么问题,可是结果他一个字没讲就死去了,没有动一下手指头,任何地方的肌肉都没有颤动一下。只是在他临死的最后时刻,好像是要对某种我们所看不见的信号或我们所听不到的耳语做回答,他重重皱了一下眉头，使他那黑色的已死去的脸露出了某种不可思议的阴暗、沉思和威胁的神态。他那若有所思的眼神所显露的光泽很快变成了一点空虚、无神的闪光。'你会驾船吗？'我问那个公司代理人。看样子他毫无把握，我立即抓住了他的一只胳膊。他马上明白，我的意思是不管他会不会也要让他去干。跟你们实说吧，我早已受不了，非去把我的鞋袜换掉不可了。'他已经死了。'那家伙仿佛十分感动地低声说。'那毫无问题。'我说，发疯似的扯开我的鞋带，'另外还有，我想库尔茨先生这会儿恐怕也已经死了。'

"在那时这是一个压倒一切的思想。我当时感到无比失望，好像忽然发现，我一直努力追求的一件东西原来是虚无缥缈的。要是我千里迢迢跑到这儿来的主要目的原来就只是和库尔茨先生谈几句话，我的烦恼心情大约也不过如此了。和他谈谈——我把一只鞋扔到河里去,这时我突然发现这的确正是我一直期待着的一件事——和库尔茨进行一次谈话。我奇怪地发现,我从来也没有想象过他在干些什么,你知道,而只是想他正在说些什么。我从来也没有对自己说过'啊,现在我已经不可能见到他了',或者'现在我已不可能跟他握手了',而只是说'现在我已不可能听到他的谈话了'。这个人让人感到他只不过是一个声音。这当然不是说我从来不曾把他同某些行动联系在一起。不是早有人以各种不同的嫉妒或赞赏的声腔告诉我,他搜集、用货品交换、骗取或者偷窃来的象牙,比所有其他代理人弄来的加在一起还要多吗?问题的实质不在这里。问题的实质是:他是一个具有特殊才能的人,而他的许多才能中最最突出同时还能让人感到它真实存在的才能,是他的口才、他的那些言语——那种表现的才能,那种令人迷惑、给人教益的最高尚也最下流的才能,那搏动着的智慧之光,或者说,那来自无法穿透的黑暗深处的欺骗性的自然流露。

"另外那只鞋也向河神或河鬼那里飞去了。我想,天哪!一切全完了。我们来得太晚。一根长矛、一副弓箭或者一根木棍,已使他完全消失,使他的才能也消失了。我将永远也听不到那家伙的谈话声了——我的悲哀带有惊人的强烈感情,简直不次于我注意到丛林中那些野人悲声号叫时所表现的情绪。即使我的某种信念破灭了,或者我忽然失去了生活目标,我也不可能像现在这样感到孤单和凄凉……是谁那么厌烦地大声叹息,是谁?觉得荒谬吗?是啊,荒谬。我的上帝呀!一个人就应该老是——来,给我一点烟丝……"

在深不可测的寂静中,他停了下来,接着一根火柴被划着了,火光照出了马洛的脸,干瘦,疲惫,空虚,满是向下垂的皱纹,眼皮也往下耷拉着,但同时却显出一副聚精会神的样子。当他使劲嘬着他的烟斗的时候,随着那点小小火光的闪动,那脸似乎忽而从黑夜中走了出来,忽而又退了回去。火柴熄灭了。

"荒唐!"他叫着,"给人讲点什么,最怕的就是这个……你们现在都坐在这儿,你们每个人都像装有两个锚的船一样,各有两个很好的地址可供你们停泊,这边街口有一家肉铺,那边街口住着一个警察,呱呱叫的胃口,体温正常——你们听见了吗?从年初到年底体温都一直正常。可你们说,荒唐!让荒唐——见鬼去吧!荒唐!我亲爱的伙计们,对一个纯粹出于一时激动刚把一双新鞋扔到河里去的人,你们能指望他怎么样呢!现在回想起来,我当时没有痛哭一场真是一件怪事。一般说来,我对自己的坚强毅力是很自豪的。当时一想到我已失去了倾听天才库尔茨讲话的百年难遇的机会,我真感到说不出的难过。当然,我完全弄错了。那个机会还正等着我。哦,是的。我早已听够了,我倒也是对的。一个声音。他的确就只是一个声音罢了。我听到——他——它——那个声音——别的一些声音在说话——它们全都只不过是一些声音罢了——对那段时间的记忆本身也一直在我身边萦绕,不可触摸,像一阵漫无边际的闲扯即将消失的余响,愚蠢、残暴、肮脏、野蛮,或者就是简简单单的下流,没有任何意义。声音,声音——甚至那年轻女人自己——啊——"

他又沉默了很长一段时间。

"最后,我终于用一句谎言埋葬了他死去的

才能的鬼魂,"他忽然又开始讲起来,"年轻女人!什么?我刚才说到女人吗?哦,她和这个没有关系——完全没关系。她们——我说女人们——都和这事无关,也不应该参与其事,我们必须帮助她们,让她们始终停留在她们自己的那个美好的天地中,免得让我们这个世界变得更糟糕了。哦,她一定得排除在外。你们应该听到从土里挖出来的库尔茨还在说着:'我的未婚妻。'这你们就该明白,她是完全被排除在外的。还有库尔茨先生的宽大的额头!他们说有时候,人的头发还会继续生长下去,可是这个——啊——这个额头,却光得十分出奇。荒野曾拍打过他的头,你们瞧,它完全像个球一样——一个象牙球。它曾抚摩过他——瞧!——他已经枯萎了。荒野曾经占有他,钟爱他,拥抱他,钻进他的血液里去,消融了他的肌肉,通过某种不可思议的入伙仪式已让他明确属它所有了。他是它的被惯坏的经常撒娇的宠儿。象牙!我想是的,大堆的象牙,像山一样堆着的象牙。那个破旧的泥巴房子都快让象牙给撑破了。你们准会想到,在整个那一带地方,不管地上还是地下,已经再没有一只象牙了。'大多数都是化石。'那位经理曾经带着轻蔑的神气这样说过。那象牙并不比我更像化石。看来那些黑人有时是把象牙往地下埋,可是很显然,他们不幸没能把这些象牙埋得更深一些,从而可以挽救库尔茨先生的厄运。我们把整个汽船都装满了象牙,甲板上也堆了许多。这样只要他眼睛还能看见,他就可以满心欢喜地看着它们,因为直到他的最后时刻,他仍然异常喜爱这种宝贝玩意儿。你们可惜没听到他说:'我的象牙。'哦,是的,我听他说过。'我的未婚妻,我的象牙,我的贸易站,我的河流,我的——'

一切都属他所有。这让我不禁屏住气,总觉得马上会听到那荒野发出一阵将使天上的恒星都为之摇晃的惊天动地的大笑声了。一切都属他所有——这倒无关紧要。重要的是我们得知道,他自己是属于谁的,有多少种黑暗的势力在争夺对他的所有权。只是在想到这个问题的时候,你才止不住周身打起寒战来。不必再想这个问题了——这是不可能的,对任何人也不会有什么好处。他已经在那个地区的魔鬼之中坐上了头几把交椅——我说的是实际情况。你们是无法理解的。你们怎么能理解呢?你们脚下有坚实的整齐的道路,四周有好心的邻居,他们随时准备鼓起你们的勇气,或者对你们发动进攻,你们小心翼翼地来往于那肉铺和警察的家门之间,随时对流言蜚语、绞刑架和疯人院怀着神圣的恐惧。你们怎么能够想象,一双不受约束的脚会把一个人带到多么奇特的原始时代的地区去呢？通过凄凉的道路，绝对的凄凉，那里没有一个警察。通过寂静的道路，绝对的寂静，在那里你听不到任何一个好心的邻居低声警告你注意社会上的舆论。这些很细小的事情实际关系至大。在那些外力全都不存在的时候，你就只能一切都依靠你自己原有的力量，依靠你自己可能树立起来的信仰。当然你也可能由于过于愚蠢而不致犯下错误——由于过于迟钝，甚至根本就不知道自己受到了黑暗势力的攻击。按我想，从来就没有一个傻瓜拿他的灵魂和魔鬼做过交易：不是傻瓜太傻，就是那魔鬼太鬼——我不知道是哪一种情况。再不然，你也可能是一个了不得的无比高尚的人物，除了来自天上的光辉和声音，你对其他一切都完全如聋似瞎。这样，地球对你来说只不过就是一个立足点，但是这情况对你究竟有利还是有害，我也说不清了。可是我们大多数人,既不是前一种人,也不是后一种人。地球对我们来说是一块生活的地方,在这里,我们对各种景象、声音,还有气味——我的上帝!——都必须忍耐,比方说,吸进死河马肉的臭味而不受到感染。在这儿,你们瞧见了没有,你自己的力量发生作用了,还有你的信念,相信自己有能力挖出一些不显眼的洞把那玩意儿埋进去——这是你勇于献身所产生的力量,不是对自己献身,而是献身于一种意义模糊的、累断脊梁骨的事业。那实在是够困难的了。请注意,我不是在向大家道歉,甚至也不是在做什么解释,我只是为了,为了库尔茨先生,为了库尔茨先生的鬼魂,在对自己说明这个问题。这个来自乌有乡黑暗深处的已归化的鬼魂,在他完全消失以前,对我所表示的惊人的信赖,使我感到莫大的荣幸。这是因为他能够对我讲英语。原来库尔茨本受过部分英国教育,而且——他自己就非常直爽地说过——他是从来不会乱用他的同情的。他母亲是半个英国人,他父亲又是半个法国人,可以说全欧洲曾致力于库尔茨的成长。后来,我还听说,肃清野蛮习俗国际社还曾委托他写一份报告,以作为该社未来工作的指南,这自然是再合适不过了。那个报告他也已经写了出来。我见到过。我读过一遍。文笔优美,到处洋溢着动人的才华,我想只是调子太高一些。他居然有时间密密麻麻地写了十七页!但那一定是在他——咱们就这么说吧——在他精神失常以前写的,他还因此常常去主持一些最后以十分荒谬的仪式作为结束的夜半舞会,这仪式——根据我在不同时间听到的情况而不得不得出的结论——是奉献给他的。你们明白吗?是奉献给库尔茨先生本人的。但那篇报告可写得非常漂亮。不过,开头的一段，由于我已经知道了后来发生的许多情况，现在回想起来，却是一种不祥之兆。他一开始就提出一种理论，说我们白人，从我们现在已经达到的发展水平来看，'在他们（野人）的眼中必然显得像是一些超自然的生物——我们是带着神的力量前去接近他们的'，等等。'我们只要简简单单运用一下我们的意志力，就可以发挥出一种实际上没有止境的有益的力量'，等等。从这一点出发，他接着更大加发挥，我也完全被他的理论给弄得神魂颠倒了。报告的结论可谓无比宏伟，只不过，你们知道，很难记住。它给我留下的印象是一种充满无比庄严的慈悲心的、非同一般的博大胸怀。这使得我立即感到热情激荡。那正是能言善辩——或者说辞藻——激动人心的高尚的辞藻所能产生的无穷力量。其中没有一个字涉及实际问题，从而打乱他流水般的词句的迷人魅力，除了出现在最后一页上的一段说明也许可以看作对某一方法所做的解释，显然是很久以后草草补上的，笔画显得非常零乱。这段说明很简单，但在这篇向一切利他主义精神发出动人呼吁的最后部分，它却像晴空中忽然出现的一阵闪电，照亮了一切而又十分可怕：'消灭所有这些畜生！'最奇怪的是，后来他似乎完全忘记了这个极有价值的补充说明，因为后来，当他可说是有些清醒过来的时候，他一再请求我一定要保存好'我的小册子'（他是这样称它的），因为可以肯定，这小册子对他将来的前途一定会大有用处的。他把全部情况都告诉了我，此外，按照后来发生的情况，我还得尽力保卫他身后的名声。这一点我已经做得很够了，因而我具有不容争辩的权利，可以把它，如果我愿意的话，随同人类进化的垃圾，这里且用一个比喻的说法，和在进化的车轮下被轧死的死狗一起，扔进永远再也无人去翻动的进步的垃圾箱里去。可是在当时，你们瞧，我不能那样做。他让人总也忘不掉他。不管你说他是个什么，他反正是非同一般。他有力量迷惑住或者恐吓住一些初民社会的人，使他们举行更为荒谬的巫术舞蹈，以表示对他的崇敬。他还能够让那些外来移民的渺小灵魂充满痛苦和不安：他至少有一个忠心耿耿的朋友，他在这个世界上已征服了一个既不属于初民社会，也非一心为自己谋私利的人物。不，我没法忘掉他，虽然我也不准备肯定说，这家伙完全值得我们为找回他而付出的那许多生命的代价。我一直对我那死去的舵手非常怀念，甚至在他的尸体还躺在驾驶间里的时候，我已感到了失去他的痛苦。也许你们会认为我这样怀念一个野人未免荒唐，他的价值顶多抵得上撒哈拉沙漠中的一粒沙子罢了。

是啊,你们有没有看到,他是干过不少工作的,他驾驶过那条船,接连几个月他一直和我在一起——一个助手——一件工具。这是一种伙伴关系。他为我驾过船,我不能不多方面照顾他,我曾为他能力不足而感到忧虑,这样就在我们之间形成了一根微妙的纽带,可我只是在这纽带忽然断裂的时候才感觉到它的存在。他在受伤时投向我的饱含深情的信赖的眼神至今还留在我的记忆之中——那仿佛是在一个无比崇高的时刻,忽然肯定了我们之间的遥远的血缘关系。

"那个可怜的傻瓜!他要是不去管那个窗子不是很好吗!他不能控制自己,不能控制住自己,像库尔茨先生一样,只是一棵在风中摇晃的树木。我一换上一双干拖鞋,就把他往外拖,当然我先使劲拔出了扎在他身上的那根长矛,这一行动,我承认我是紧闭着双眼干的。他的两只脚后跟一同在门口低矮的台阶上跳动了一下，他的肩膀整个压在我的胸前，我从背后死命把他搂住。哦！他真沉，沉极了。按我想，全世界再没有谁像他那么沉的了。接着我不管三七二十一把他推下船去。流水马上吞没了他，仿佛他只不过是一束干草，我看见他的身体在河水中滚了两滚，随后就永远无踪迹可寻了。所有的外来移民和经理当时都在驾驶室旁边棚子下面的甲板上，像一群激动的喜鹊彼此叫个没完，并且还惊愕地低声咕哝着，认为我不该那样无情，立刻就那样把他处理掉。他们愿意让那尸体在船上多留一会儿到底是为什么，我说不清楚。也许是打算给他涂上香膏。可是，我还听到在甲板的那一头另外一个人低声讲了几句听来非常不祥的话。我的那些伐木工人朋友也同样对这件事感到不满，而他们倒似乎还更有理由一些——尽管我承认那理由本身是令人不能接受的。哦,绝对不能!我拿定主意,如果我那死去的助手必须被吃掉,那也只能让他去喂鱼。他活着的时候是一个次等的助手,现在他死了,却很可能变成了上等的诱惑,说不定还会惹出一场乱子来。再说,我当时还急于要自己去驾船,那个穿红睡衣的家伙,看样子对干这一行是个毫无希望的笨蛋。

"那简单的葬礼一结束,我马上就抓住了舵轮。船在靠近河中心的航道半速前进着,我一面驾船,一面倾听着我身边的谈话。他们已经放弃了库尔茨,他们已经放弃了那个贸易站,库尔茨已经死了,那个贸易站已经被烧掉,等等。那个红头发的移民,因想到我们至少已为可怜的库尔茨报了仇,显得十分激动。'我说!在那边那个丛林里,我们肯定已对他们进行了一次无比光荣的大屠杀。嗯?你们说是不是?你们说说?'这个身材矮小、神经质的嗜血的乞丐,说着说着真的跳起舞来了。可方才他一看到那个受伤的人却几乎昏了过去。我止不住脱口而出:'不管怎样,你们倒是扬起了一片无比光荣的烟雾。'从那丛林梢顶被轰击和摇动的情况判断,我早看出他们射出去的子弹全都太高了。你必须用肩头抵住枪托,用眼睛瞄准,才有可能击中目标,而这些家伙却是把枪托杵在髋部闭着眼睛乱放一气。至于他们的撤退,我认为——我肯定是对的——完全是因为被汽笛声给吓坏了。而他们一听到我的这番话,马上忘掉了库尔茨,全冲我号叫着,提出愤怒的抗议。

"站在舵轮边的经理,热情地低声对我说,不管怎样,在黑夜来临以前,我们一定要让船远远离开河岸,停到河心去,可正在这时我却看到在远处的河边有一块白地,还看到了一些房子的轮廓。'那是什么？'我问道。他惊异地一拍手。'那个站到了！'他叫喊着。我马上把船往河边驶去，仍然半速前进。

"我从望远镜里看到，在一个小山坡上点缀着不多几棵树木，地面干干净净，没有任何乱草。小山顶上一溜破烂的房屋已经一半埋在深草中，尖屋顶上的许多大窟窿像张着的黑嘴，背景处是一片乱树丛和树林。四周没有任何围墙和篱笆，可是看来过去显然有过，因为在房子附近还有十来根细木桩并排立着，木桩很粗糙，每根桩子顶上还装饰着一个雕刻的圆球。桩子之间的栏杆，或者是别的什么做围墙的东西，现在已经不见了。当然这一切的四周完全被森林包围着。河岸上一片空旷，只是在水边上，我看到有一个白人，戴着一顶像车轮一样的帽子，不停地晃动着一条胳膊在向我们打招呼。仔细上上下下朝森林的边缘望去,我几乎肯定看到那里有人在活动——这里那里都有许多人影在走动。我小心地把船开过去,然后停住机器让它自动向下游滑去。岸上的那个人开始喊叫,催我们赶快靠岸。'我们刚才受到了攻击!'经理大声叫着。'我知道——我知道。没事儿!'那个人大声回答,那样子似乎要多高兴有多高兴,'快开过来,没有问题。我非常高兴。'

"他那样子让我想起了什么——想起了我在什么地方见到过的一个滑稽形象。在把船向岸边靠拢的时候,我心里一直琢磨着:'这家伙到底像个什么呢?'忽然间我想起来了。他像古典戏剧中的丑角。他穿的衣服原来也许是用棕色的荷兰棉布做成的,可是现在打满了补丁,色彩鲜明的蓝色、红色和黄色的补丁——背上是补丁,前胸是补丁,胳膊肘上是补丁,膝盖头上也是补丁。上衣上有一圈带色的条纹,裤脚上镶着红色的花边。在阳光的照耀下,他显得非常轻快,也无比干净,因为你可以看到所有那些补丁补得多么漂亮。一张没有胡子的孩子气的脸,皮肤很白,说不出有任何特点,鼻子正在脱皮,上面是一双较小的蓝色的眼睛,在他那开朗的脸上欢笑和愁容交替出现,仿佛是大风吹过平原时的日光和阴影。'请注意,船长!'他大叫着,'昨天夜里在这儿打进过一个树桩。'什么!又是一个树桩?我承认当时我什么脏话都骂出来了。我差点把我那只跛脚船给捅上个窟窿,从而结束掉我那趟迷人的航行。那丑角站在河岸上向我翘起了他那翻鼻孔的小鼻子。'你是英国人?'他满脸含笑问道。'你呢?'我站在舵轮边大声叫喊着。笑容马上消失了,他摇摇头,仿佛对我的失望感到很抱歉。接着,他又露出了笑容。'没关系!'他打起精神说。'我们来得不晚吗?'我问道。'他就在那边。'他回答说,把头向着小山那边一扬,接着脸色忽然又阴沉下来。他的脸完全像秋日的天空,一时一片阴霾,一时又无比晴朗。

"经理在那些武装到牙齿的外来移民的陪同下,步行到那所房子边去,这时,那家伙上船来了。'我说,这情况我可不高兴。那些土人全都躲在乱树丛里。'我说。他热情地向我保证说,那绝没问题。'他们都是些头脑简单的人,'他补充说,'是啊,我很高兴你们来了。我一直尽一切力量让他们不要到这里来。''可你刚才说没有问题呀。'我叫着说。'噢,他们没有什么恶意。'他说,看到我瞪眼看着他,于是又自己改正说,'也不能完全那么说。'接着他又非常轻快地说,'我的天哪,你这驾驶室真该好好清洗一番了。'紧接着他又奉劝我,一定要让锅炉里保持足够的蒸汽,万一出现了麻烦,可以拉汽笛。'一声汽笛的尖叫,要比你们所有的来复枪还管用得多。他们都是些头脑简单的人。'他重复说。他就这么连珠炮似的嘟啵着,我简直完全插不进嘴去。他似乎因为过去沉默的时间太多,现在要着实弥补一下,而且他真的还大笑着自己表示,实际情况真是这样。'你难道不跟库尔茨先生讲话吗?'我问。'你永远也不能跟那个人讲话,你只是听他讲话。'他既严肃又兴奋地大声说,'可是现在……'他摇晃了一下胳膊,转眼之间又变得无比消沉了。过了一会儿,他忽然一跳向我冲过来,紧抓着我的两只手不停地摇动着,嘴里絮絮叨叨地说:'水手,同行兄弟……荣誉……高兴……真快乐……自我介绍一下……俄国人……一个主教的儿子……坦波夫政府……什么?烟草!英国烟草,呱呱叫的英国烟草!嗯,真是哥

们儿。抽烟？天下哪有不抽烟的水手。'

"一袋烟带给他极大的安慰，慢慢我了解到，他很小时就曾从学校跑出去，跟着一条俄国船出过海，后来又跑掉了，在英国船上干过一阵子，现在已经和他的主教爸爸和解了。这一点他谈得很详细。'可是一个人年轻的时候总应该出去见见世面，获得更多的经历，增长一些见识，开阔你的眼界嘛。''在这儿？'我打断他的话说。'这个你却也没法说！在这儿我遇上了库尔茨先生。'他说，表现出孩子气的严肃和责怪的神情。从那以后，我就再也不开口了。听他的口气，他曾说服在海岸边开设贸易点的一个荷兰人，供给他一些食品和货物，他于是完全像一个初生的婴儿，带着轻松愉快的心情走向荒野深处，根本没有想到他可能会遇到什么危险。他沿河上下，游荡了差不多两年时间，和外界的一切人和事都断绝了联系。'我实际并不像我看着那么年轻,我已经二十五岁了。'他说,'一开头好多次老范·休吞总让我见鬼去,'他显得十分高兴地叙述着,'可是我老盯着他不放,今天谈,明天谈,直到最后他真担心我会把他那条心爱的狗的后腿给谈掉了[1]。他只好给了我一些不值钱的东西和几支枪,并且对我说,他希望从今以后再也不会见到我了。他真是个好心肠的老荷兰人,那个范·休吞。一年以前我曾托人带给他少量的象牙,这样等我将来再回去的时候,他就不能说我是个贼。我希望他已收到了。至于别的事情我全都不在乎。我在这里给你们预备了一堆木头。那边那个就是我从前住的房子。你看见了吗?'

"我把陶森的那本书给他。他当时那样子真

---

[1] 在英语口语中,说一个人唠叨得太多,常说他能把狗或驴的后腿都给说掉了。这里是利用这句俗语开玩笑。

像要跑过来吻我一下,可是又自己忍住了。'这是我还留下的唯一一本书了,我以为这本书也丢掉了呢。'他高兴至极地看着那本书说,'你知道一个人单独到处流浪,常常会遇到许许多多意外的事。有时候你的小船可能会翻了,有时候由于看到当地人十分愤怒,你得想法赶快逃开。'他翻开那本书来看着。'你那笔记是用俄文写的?'我问道。他点点头。'我还以为那是密码呢。'我说。他大笑,接着又变得十分严肃起来:'为了不让那些人到这边来,我可真费了不少力气。''他们想弄死你吗?'我问道。'哦,不!'他大声说,但马上又忍住没有说下去。'他们为什么要进攻我们呢?'我进一步问道。他犹豫了一会儿,接着十分不好意思地说:'他们不愿意让他离开这里。''他们不愿意?'我十分好奇地说。他点了点头,仿佛其中充满了神秘感和智慧。'我对你说吧,'他大声说,'这个人大大开阔了我的眼界。'他摊开双臂,直盯着我,那双蓝色的小眼睛已经完全睁圆了。"

三

"我呆呆地看着他,真感到说不出的诧异。那人就站在我的眼前,穿着一身花花绿绿的衣服,仿佛是刚从某个滑稽剧团里逃跑出来的,热情,令人难以捉摸。他本身的存在似乎就是不可能和无法解释的,完全令人迷惑不解。他真是一个不解之谜。他是怎么存活下来的,怎么可能一直干了那么久,怎么可能到现在还依然活着,他为什么没有立即消失掉,所有这些都让人不可思议。'我稍稍前进几步,'他说,'然后又稍稍前进几步，直到后来，我已经走得太远，简直不知道怎么才能回转来了。没有关系。有的是时间。我总能对付的。你得尽快把库尔茨弄走——要赶快——我告诉你。'一股青春的光彩笼罩着他的五光十色的破衣服、他的凄凉而孤独的生活以及他的无意义的流浪所带来的寂寞心情。接连几个月，接连几年，他随时都有失去生命的危险。可是他仍然愉快地、糊里糊涂地活着，简直像是有一种不可摧毁的力量，而实际上却只不过是因为他年纪轻，初生牛犊不怕虎罢了。我止不住对他怀有近于崇拜又近于嫉妒的心情。某种魅力引诱他前进，也保护着他，使他一直安然无恙。他对那个荒野肯定并无任何要求，只不过是希望找到一个可以呼吸、可以让他奋勇前进的空间罢了。他的要求就只是生存下去，冒着最大的危险，忍受着最严峻的艰苦生活的考验前进。如果曾经有人被一种绝对纯洁、毫无算计、完全不切实际的冒险精神所控制,那么,那个人大约就是这个穿着五颜六色衣服的青年了。我真是忍不住羡慕他,竟然具有这样一种谦卑而天真的热情。这热情仿佛完全消融了他心中关于自我的一切念头,使得你,甚至就在他跟你说话的时候,也会忘掉就是他——站在你眼前的这个人——曾经经历过他所讲述的那一切。尽管他对库尔茨的崇拜,我是丝毫也不感兴趣的。他从来没有仔细想过这件事。他既然遇上了库尔茨,于是就带着一种强烈的命该如此的想法接受了那个现实。我得说,我觉得这恐怕是他所曾遇到的一切事情中最危险的一件。

"他们不可避免地碰在一起了,简直像是两只失去动力的船只在水上漂荡,最后彼此蹭到一起来了。我想库尔茨需要有个人听他讲话,因为有时在树林里宿营的时候，他们常常彻夜谈天，当然更可能是库尔茨一个人整夜讲个没完。'我们什么都谈到了，'他说，仿佛回想起这件事还感到无比兴奋，'我忘掉了世界上还有睡眠这件事。一夜的时光好像不过一个小时就过去了。我们什么都谈！无所不谈！……也谈到爱情。''啊，他还跟你谈到过爱！'我说，感到十分有趣。'不是你所想象的那种爱，'他几乎是很激动地大声说，'他只是一般地谈谈。他让我明白了许多事情——许多事情。'

"他举起了两只胳膊。我们那会儿正在甲板上，我的伐木工的领头人，原来正在离我们不远的地方闲逛，这时却转过脸去用一双沉重的闪闪发光的眼睛望着他。我向四周看看，不知道为什么，但我可以肯定地告诉你们，我感到我从来，从来也没有发现这片土地、这条河流、这丛林、这光彩夺目的圆形天空，竟会是那样令人绝望，那样一片阴森，那样让人感到不可思议，那样对人的弱点完全失去了同情之心。'那么，自那以后，你当然一直都和他在一起吧？'我说。

"情况恰恰相反。看样子他们的交往由于各种原因时常中断。他骄傲地告诉我，库尔茨生过两次大病，全都靠他勉强给养好了（他提起这事的时候，仿佛那是个什么重大的冒险活动），可是一般说来，库尔茨总是一个人到处跑，跑进遥远的密林深处去。'他常常回到这个站上来，我不得不一天又一天地等着他，一直等到他回来，'他说，'啊，等他几天是完全值得的，有时候是这样。''他都干些什么呢？到处去探索，还是怎么？'我问道。'哦，是的，当然。他发现了许许多多的村庄，还有一个湖——他弄不清那是在哪个方向。打听得太多是非常危险的，可是他外出多半是为了找象牙。''可是那时候,他已经没有商品去和人交换象牙了。'我表示反对说。'可那会儿他还有不少子弹呢。'他眼睛望着远处回答说。'那么,打开天窗说亮话,他是到处去进行抢劫喽。'我说。他点了点头。'不是一个人干,当然不是。'接着他叨叨了几句关于那个湖四周的村落的情况。'库尔茨能让那个部落里的人都跟着他跑,是吗?'我试探地问道。他稍稍有点不安。'他们都非常崇拜他。'他说。他讲这话时声调十分特别,我不禁带着探索的眼光看着他。看到他似乎急于想谈而又怕谈到库尔茨的神情,我感到十分奇怪。这个人实际上塞满了他的生活,占据着他的思想,左右着他的情绪。'你还能希望怎么样呢?'他脱口而出,'他是带着雷和电到他们那里去的,你知道,这类东西他们可从来没有见到过,而且非常可怕。他能让人感到非常可怕。你不能像评论一个普通人那样来谈论库尔茨先生。不,不能,绝不能!现在——你怎么也想不到——我不怕告诉你,有一天,他还要一枪把我打死呢,但我仍然从不议论他的是和非。''用枪打死你!'我叫喊着,'为什么呢?''是这样的,我有很少一点象牙,是住在我附近的那个村子的村长送给我的。你知道因为我常常帮助他们打猎。是啊,他要那点象牙,什么道理也不肯听。他公然说,我要是不肯把那点象牙给他,而且从此离开那一带地方,他就要用枪把我打死。因为他可以那样做,而且很想那样做,而且在整个世界上就没有任何东西能够阻止他杀死一个他高兴杀死的人。他说的这也全是真话。我把象牙给了他。我不在乎!可是我并没有离开。没有,没有。我不能离开他。当然我一定得非常小心,直到过了一段时间,我们才又变得非常友好了。他接着犯了第二场病。在那以后,我只好不再去招惹他了。可是我完全不在乎。他大部分时间住在湖边的村子里。他来到河边的时候,有时对我非常好,可是有时我还是小心为上。这个人吃的苦头实在够多了。他对这一切十分痛恨,可不知怎么就是脱不开身去。我一遇机会总是恳求他,趁现在还来得及的时候赶快离开这里。我还提出愿意和他一起回去。他有时说好,可结果却仍然待在这里不肯走,然后又出门寻找象牙去了,一连好几个星期都不露面。一和那些人搞在一起,他就忘记了自己——忘掉了他自己——你知道。''嗨!他已经疯了!'我说。他马上愤怒地表示抗议。库尔茨先生绝不可能疯。就在两天之前,如果我听他谈过话,我就绝不敢随便说出这种话来。在我们谈话的时候,我已经拿起我的望远镜,向河岸那边望着,我扫视着树林的两边和那房后的情况，我模模糊糊地感觉到，那十分宁静、一点声息也没有——像那山上的破房子一样寂静无声——的丛林里，似乎有人来往，这使我感到十分不安。这个可怕的故事与其说是有人讲给我听的，不如说是通过伴随着耸肩摇头的感叹、断断续续的话语、最后以一声长叹作结束的暗示，我自己感觉到的，但从周围的自然景象上却看不出发生过这个故事的任何迹象。树木像人工模型似的纹丝不动——像关闭着的牢门一样沉重——它们带着一种蕴藏着无限知识、耐心等待和凛然不可侵犯的安详神态向外观望着。那个俄国人向我解释说，就在最近，库尔茨先生还到河边来过一趟，后面跟着他从湖边那个部落邀集来的一帮打手。他已经有几个月不露面了——我想他是去接受别人的崇拜吧——后来完全出人意料地又跑了回来，看那样子，完全像是准备到河对岸或河的下游去进行一次抢劫。很显然，弄到更多象牙的欲望已压倒了他的——我应该叫它什么呢？——不那么追求实利的种种抱负。不管怎样，他的身体忽然变得更糟糕了。'我听说他病倒在那里没人管，我又去看他——试试再尽我的一点力量。'那个俄国人说，'哦，他的情况很糟，非常糟。'我把望远镜转向那所房子。那里看不到任何生命的迹象，只有那些破败的屋顶，用泥垒起来的长排的墙壁从深草中伸出头来向外张望，墙壁上还有大小不一的三个方形窗孔：这一切从望远镜里看去仿佛都近在手边。接着我猛地一转望远镜，不料那已不成其为围墙的一根木桩却跳进了我的望远镜的视野。你们记得我刚才对你们讲，我老远看到一些似乎是用来做装饰的东西，对照着那地方的荒凉景象，我感到颇有些奇怪。现在我忽然清楚地看到它了，而我第一眼看到它的反应是，仿佛要躲开一个人的拳头似的把头向后一甩。接着我又用望远镜从一个木桩看到另一个木桩，我现在明白原来我完全弄错了。那些圆球状的东西并不是什么装饰品，而是象征性的标记。它们的含义十分明白却又令人不解，让人吃惊又更使人不安——是引人思索的素材，同时也是一只凌空俯视的老鹰的食物。不过最后必然做了那些肯耐心地往木桩顶上爬去的蚂蚁的食粮。这些悬在木桩顶上的人头，要不是它们的脸全都向着房子那边，一定还会具有更丰富的表情。其中只有一个，我最初看到的那个，脸朝着我这边。我当时并没有像你们想象的那么害怕。我刚才说我向后一躲身子，那其实不过是止不住一惊罢了。我本来想，那些圆球一定是木头做的，你们知道。我特意回头再去看那第一个人头——它仍旧挂在那里——深黑、干枯、眼睛紧闭着——仿佛倚在木桩顶上已经睡着了,那已经干缩的嘴唇露出一线白色的牙齿,正在微笑,对着那永恒睡眠中的一些没有尽头的可笑的梦境不停地微笑。

"我这绝不是向你们泄露商业秘密。事实上,那经理后来说,库尔茨先生的办法把他在那个区域的生意全给毁了。关于这一点,我说不出什么意见来,可是我希望你们完全明白,挂在那里的那些人头并不曾带来任何真正的利益。那只是表明,库尔茨先生在满足他的各种欲念的时候,缺乏节制,在他身上缺乏一点什么东西——一点极不重要,但在迫切需要的时候,却无法在他的宏伟口才中找到的小东西。他自己是否知道这个缺点,我也说不清。我想对这个问题他最后必然已经明白——只是已经太晚了。可是这个荒野早就发现了他的这个毛病,并对他所进行的荒唐的袭击做出了可怕的报复。我想它曾在他耳边低语，对他说了许多他过去从不知道的关于他自己的情况，告诉了他许多直到他和这巨大的荒凉世界打交道以前，他连想也未曾想到过的事情——而那耳语一定对他具有不可抗拒的诱惑力。它在他的身体内部大声回响着，因为他的身子已是空心的了……我放下望远镜，那个刚才看来近在身边、我几乎可以和他交谈的人头，忽然一下离开我，跳到我似乎永远不可能到达的远方去了。

"那位库尔茨先生的崇拜者现在有点垂头丧气了。他用一种匆忙的、含糊不清的声调明确告诉我，他不敢把那些——我们且叫它象征吧——拿下来。他并不害怕当地的土人。只要库尔茨先生不讲话，他们是谁也不敢动的。他在土人心中的地位是一般人无法想象的。他们的帐篷围绕着他的住处，他们的首领每天都要去给他请安。他们甚至趴在地上……'我完全不想知道,他们接近库尔茨先生的时候,都采用一些什么样的仪式。'我大叫着说。说来也真奇怪,我当时忽然有一种感觉,仿佛这类细节,会比悬挂在库尔茨先生窗外木桩上的人头更令人难以忍受。不管怎样,那也不过是一种野蛮景象罢了,而我却似乎忽然进入了某一个没有光线、充满微妙的恐惧感的地区,在那里,纯粹的、简单形式的野蛮主义是积极的信仰,而且它——很明显——完全有权存在于光天化日之下。那个年轻人惊异地看着我。我想他始终也没有想到,库尔茨先生并非我所崇拜的偶像。他忘记了,我从来没有听到过任何一段关于,关于什么来着?关于爱、正义、生活之道——或如此等等的问题——的动人心弦的独白。如果说到趴在库尔茨先生的脚下,那他和所有那些最野蛮的人一样也早已趴下了。我不知道当时的具体情况,他说这些都是叛乱分子的头。我突然一阵大笑,简直把他给吓呆了。叛乱分子!再往下我还可能听到什么样的新名词呢?有人把他们叫作敌人,叫作罪犯,叫作壮工——现在他们又成了叛乱分子了。这些叛乱分子的头挂在木桩上,我看着可都够老实的。'你不了解,这种生活对于像库尔茨那样的人,是一种什么样的折磨。'库尔茨的最后一个门徒大声说。'是啊,还有你,是吗?'我说。'我!我!我是个头脑简单的人。我没有什么伟大的思想。我不希望得到别人的任何东西。你怎么可以拿我去和……'他由于感情激动再也说不下去,而且忽然完全瘫倒了。'我不明白,'他哼哼唧唧地说,'我一直尽了我最大的努力,让他活下来,这已经够了。所有这些事情我并没有参与。我没有能力。在这里,好几个月都找不到一滴药水,或者一口可以让病人吃的食物了。他被人可耻地抛弃了。像他这样一个人，这样一个具有崇高理想的人，实在可耻！太可耻了！我——我——已经接连十个夜晚没有睡觉了……'

"他的声音慢慢消失在沉静的黄昏中。那些树林的拖长的影子，在我们说话的时候，已慢慢滑到山下来，远远越过了那破烂的房屋，越过了那一排象征性的木桩。那一切都已进入一片阴暗之中，而我们在河下的那块地方却还停留在太阳光下。和岸上那块空地平行的这段河道，现在还闪耀着一种明净而耀眼的光彩，只是上游和下游的河湾已经都隐藏在浓密的暮色中了。河岸上看不见任何有生命的东西。那边的丛林一动也不动。

"忽然之间，从那排房子的角上转出来一群人，他们仿佛是从地下钻出来的。他们都紧挨在一起，在齐腰深的野草中走动，在他们中间有人抬着一个临时做成的担架。紧接着，从那空旷的野地上发出一声刺耳的尖叫，像一只直接飞向大地心窝的响箭划破了那宁静的空气。于是，仿佛变魔术似的，许多人——许多光着身子的人——组成的人流从那阴森的、有如陷入沉思的森林中倾注到那片空地上来，他们手里都拿着长矛、弓箭和盾牌，行动野蛮，眼里露着凶光。那边的丛林摇动着，野草也跟着晃动了一阵，然后一切又归于平静，似乎都全神贯注地呆住了。

"'现在他要是不对他们讲几句应该讲的话，我们就全完了。'站在我胳膊肘边的那个俄国人说。抬着担架的那一簇人在离轮船还有一半路的地方，像忽然化作石头一般也停住了。我看到担架上的那个人坐了起来，他又高又瘦，在那些抬担架的人的肩背上举起了一只胳膊。'让我们希望,这个一般谈爱谈得很好的人,这回会找到个什么特殊理由,饶了我们的性命吧。'我说。我对当前这种危险处境感到十分厌恶,仿佛现在只能听从那个凶恶的阴魂摆布,乃是一件十分可耻而又无法逃避的事。我什么声音也听不见,可是通过望远镜却看到那只细瘦的胳膊挥动了几下,下巴上下活动了一阵,那个幽灵的眼睛从那骷髅的眼窝深处发出阴森的光,而那骷髅还非常滑稽地在那里连连点头。库尔茨——库尔茨——在德文中这个词的意思是短小——对吧?是的,这个名字和他的生命中以及他的死亡中的其他的一切一样真实。他看上去至少有七英尺高。他身上盖的东西已经滑掉,仿佛刚从一条裹尸布中暴露出来,显得既可怜又可怕。我可以看到他的两排肋骨都在起伏活动,也看见他在挥动着他那只皮包骨的胳膊。那情景真仿佛是用古老的象牙雕刻成的一具有生气的死神雕像,向着一群用晶亮的古铜铸成的寂然不动的群众,在威胁地挥动着他的手。我看见他张大了嘴——显出一副非常奇怪的无比贪婪的神态,仿佛要一口把所有的空气、所有的泥土和他面前所有的人全都吞进肚子里去。一阵低沉的声音模模糊糊向我耳边传来。他一定是在大声喊叫了。他忽然把身子向后一仰。抬担架的人于是又往前走,那担架也跟着摇晃了几下,而差不多就在这时候,我注意到那一大群野蛮人,看不见任何明显的后退的迹象却都慢慢消失了,仿佛原先忽然把他们吐出来的那树林,现在又长长地吸一口气,把他们全都吸了回去。

"在担架后面跟着的几个外来移民,替他拿着武器:两支长枪、一支重型来复枪和一支轻型左轮卡宾枪,这便是那位可怜的朱庇特的雷火和闪电。经理在他的头边走着,这时弯下腰去和他讲了几句话。他们把他安置在一间很小的舱房里——那里仅够放一张床和一两个小凳,你们知道。我们带来了他的已积存很久的书信,因此,撕开的信封和摊开的信纸扔得满床都是。他一只手软弱无力地在那些书信中乱摸着。他那仿佛火光四射的眼睛和他那安详恬静的神态,使我非常吃惊。那根本不像是久病虚弱的样子。他似乎并没有任何痛苦。这个干瘦的人影看来很安静,而且心情愉快,仿佛这时人世的各种情绪,他都已品尝够了。

"他哆哆嗦嗦地拿起一封信,望着我的脸说:'我很高兴。'有什么人给他写信谈到我了。显然又是那种特殊的推荐。他毫不费劲,简直像连嘴唇都没有动一下就发出的洪亮的声音使我感到十分惊讶。声音!一个声音!它是那样严肃、深沉,能使得屋宇震响,而那个人本身却似乎连喘气的力气都没有了。不管怎样,他的确还有足够的力量——无疑是勉强支撑着的——差点把我们全给了账了,这情况你们一会儿就会听到了。

"那经理一声不响地出现在门洞边。我马上走出去,他也就紧贴在我的身后把门帘拉上。那个被那些外来移民投以好奇眼光的俄国人现在正向河岸上观望,我也随着他的眼神向那边望去。

"远处,衬着一片阴暗的树林,可以隐隐约约看到一些黑色的身影在移动,靠近河边有两个深棕色皮肤的人倚在长矛上,站在阳光下,他们头上裹着样子非常奇特的斑斑点点的兽皮,神态英武,但又像两座雕像似的一动也不动。在岸边的阳光下,一个神情粗野、衣着花哨的鬼影一般的女人在走动。

"她迈开稳重的步子向前走着,身上穿着带条纹和花边的衣服,骄傲地踏着岸边的泥土前进,满身佩戴着的野蛮人的装饰品闪闪发光,叮当作响。她把头扬得很高,头上的发式很像一顶钢盔。她小腿上直到膝盖边都缠着铜裹腿,手上直到肘边戴着一副铜丝手套,深褐色的脸上有一个大红点,脖子上戴着无数根玻璃球的项链。她浑身挂满了许多不可思议的物件,有符咒,有巫师送的礼物等。她每走一步,那些东西都会闪闪烁烁,不停地摆动。她身上戴的东西恐怕得有好几只象牙的价值。她显得既野蛮又无比高贵,眼神既狂野又威严。在她那不慌不忙的步伐中,既有某种不祥的威胁,又有一种庄严的气概。在忽而降临到整个那片悲伤的土地上的宁静之中,那无边的荒野、那充实而神秘的生命的巨大身躯,似乎正凝望着她,思虑万千,仿佛它所观望的正是它自己的神秘而热情的灵魂。

"她走到轮船前面来,面对着我们一动不动

地站着。她长长的影子直拖到河边。她脸上露出一种悲伤而凶猛的神情,狂野的悲伤与无法诉说的痛苦以及某些正在进行挣扎、尚未形成的决心所带来的恐惧交融在一起。她不动声色地站在那里,看着我们,和那荒野本身一样,似乎正在为某种不可思议的目的进行思索。整整一分钟过去了,她向前走了一步,随着是一阵低沉的叮当声,黄色的金属发出一阵闪光,那身带花边的衣服也摇摆了几下,而她却像忽然失去勇气似的又停了下来。站在我身边的那个年轻人咕哝了一声。我身后的那些外来移民也低声嘀咕了几句。她呆呆地望着我们,仿佛那一眨也不眨的毫不畏缩的眼神关系着她的生死存亡。忽然间,她张开光着的双臂,僵直地往头顶上举去,似乎她有一种不可遏制的欲望,想要摸一摸头顶上的青天。而就在这时,迅速围过来的阴影已经遮遍大地,扫过河谷,把那汽船也拉入它的阴森怀抱中去。顷刻间,眼前的一切已被一片坚实的宁静所笼罩。

"她慢慢转过身,向前走去,沿着河岸走进了左边的丛林。在她消失在昏暗的丛林中之前,她只回过头来对我们看了一眼。

"'她如果提出要上船来,我想我真会一枪打死她的,'那个满身补丁的家伙神经质地说,'接连两个星期以来,我每天都冒着生命危险阻止她进屋里去。有一天她终于进去了,因为我从储藏室里找出这些破布片来补了我的衣服,她大吵大闹。我也确有点不怎么样。看来准就是为了这个,她像发疯似的跟库尔茨吵了一个小时,还老是对我指指点点的。我听不懂那个部落的土话。那对我倒是一件幸事,我想那天库尔茨实在病得太重,顾不了那许多了,要不然真不知会发生什

么麻烦。我不理解……不——这实在让我受不了了。啊,行了,现在这一切都已经过去了。'

"就在这时候,我听到从窗子后面传来库尔茨低沉的声音:'快救救我!——你是说,救那象牙。不要跟我说这个。救救我!嗨,我曾经不得不救过你。你现在是在破坏我的一切计划。病!病!并不像你们想的那么严重。没有关系。我一定还得实现我的理想——我还会回来的。我要让你看看我们能干些什么。你和你那些到处兜售的不值一文钱的馊主意——你们干扰了我的计划。我会回来的。我……'

"经理走出来了。他屈尊地挽着我的胳膊把我拉到一边去。'他的情况已经很不好,很糟糕。'他说。他感到有必要叹口气,可是忘了摆出一副相应的悲哀的样子来。'我们已经为他尽了我们的一切努力,不是吗?可是有一件事我也不用隐讳,库尔茨先生给公司带来的好处远不如他所造成的损失。他不明白,要采取强烈手段现在时机还远远没有成熟。小心谨慎些,再小心谨慎些——那是我的原则。我们现在还必须小心谨慎。这个地区在这段时期内肯定将会对我们完全封闭起来。真是不幸!总的讲来,公司的生意将受到损失。我不否认他弄到了相当数量的象牙——大多数都是化石。不管怎样,我们一定得把这批象牙救出去——可是,你看看我们目前的处境多么危险——为什么?因为这个方法是不可靠的。''你把这个,'我眼睛看着河岸说,'叫作"不可靠的方法"?''毫无疑问,'他生气地大叫着,'你说不是吗?'……

"'根本就说不上是什么方法。'停了一会儿我低声说。'一点不错。'他显得十分高兴,'这一点我早就料到了。这表明他丝毫没有判断能力。我有责任把这情况向有关方面汇报。''哦,'我说,'那家伙——他叫什么名字来着——那个负责做砖的,他会替你写一份读来十分动听的报告的。'他惊愕得半天说不出话来。我似乎从来也没有在如此龌龊的空气中呼吸过,我于是在思想上转向库尔茨,以求得到一点安慰,完全就为了得到一点安慰。'不管怎样,我认为库尔茨的确是一个不同一般的人物。'我郑重其事地说。他不禁一惊,冷冷看了我一眼,非常安静地说:'他曾经是。'然后就转过身去。我得宠的时间已经结束了。我发现我已经被看作是和库尔茨一伙的了,也赞成那种时机还不成熟的方法:我也很不可靠!啊!如果一个人非做噩梦不可,至少自己能有个选择噩梦的机会,那也是好的。

"我实际是转向了那片荒野,并不曾转向库尔茨,库尔茨,我不得不承认,可以算作是已经给埋葬掉了。有一段时间,我感到我也已被埋葬在一个充满离奇的机密的巨大坟墓之中。我感到有一种无法忍受的重压压在我的心头,我嗅到了那潮湿的泥土气息,也感觉到了那看不见的由胜利带来的腐败,以及那无法透过的深夜的黑暗。那个俄国人在我肩膀上轻轻拍了一下。我听到他低声咕哝着,吞吞吐吐地说:'同行哥们儿,我不能对你隐瞒准会影响库尔茨先生名声的那些情况。'我等待着。很显然,对他来说,库尔茨先生并没有被埋进坟墓。恐怕在他看来,库尔茨先生还应属于那种永远不死的人物之列。'行哪!'我终于忍不住说,'快讲出来吧。要说,我也是库尔茨先生的一个朋友——差不多是这样。'

"他在做了一大套庄严的说明之后才对我讲,要不是因为我们'是同行',他会不顾一切后果把那些情况全给隐瞒起来的。'他一直怀疑，这里的这些白人全都对他怀着极大的恶意——''你的话一点不错，'我说，立即想起了我曾偷听到的某些谈话，'那经理认为你就应该给绞死。'这消息使他十分不安，一开始还使我感到很有趣。'那我最好赶快一声不响离开这里吧，'他十分认真地说，'我现在已经不能再给库尔茨帮什么忙了，他们很快就会找到某种借口的。有什么东西能阻拦他们呢？在离这儿不过三百英里的地方就有一个兵站。''是啊，听我一句话吧，'我说，'你要是在近处这些野人中有什么朋友的话，也许你最好去找他们吧。''我有好多朋友，'他说，'他们都是些头脑简单的人，我也没有什么要求，你知道。'他站在那里咬咬嘴唇，接着又说，'我也不希望这里的这些白人遭到什么不幸，可当然我心里想的是库尔茨先生的名声，不过你是我的同行哥们儿，所以——''没问题,'过了一会儿,我说,'在我这儿库尔茨先生的名声是绝对安全的。'我不知道我说这话有几分真实性。

"他放低声音对我说,是库尔茨命令他们对汽船发动进攻的。'他有时痛恨有人想把他弄走——可是过不久……这些事我真弄不明白。我是个头脑简单的人。他想那样可以把你们吓跑——那你们就会以为他已经死了,不再去找他了。我没有办法阻止他。啊,上个月真让我吃够苦头了。''行了,'我说,'他现在没问题了。''是的。'他低声咕哝着,显然并不十分相信。'谢谢你,'我说,'我会留神的。''可一定别说出去——嗯?'他不安地请求着,'如果这儿有人……那对他的名声的影响可是太大了……'我十分严肃地向他保证,我一定谨慎。'离这儿不远有一只小船和三个黑人在等着我。我得走了。

你能不能给我几颗马蒂尼-亨利来复枪的子弹?'我说可以,并立即给了他一些,当然是十分机密的。他对我眨眨眼,然后自己动手抓了一大把我的烟丝。'同行哥们儿——你知道——呱呱叫的英国烟丝。'他走到驾驶室的门口又转过身来,'我说,你有没有多余的鞋给我一双?'他举起一条腿来,'你瞧。'光脚上用几根疙疙瘩瘩的绳子拴着一双鞋底,像穿草鞋似的。我找出了一双旧鞋,他赞赏地看了一眼就塞在左胳肢窝里了。他的一个口袋(鲜红色的)装满了子弹,另一个口袋(深蓝色的)插着'陶森的探索',等等。他似乎感到自己现在已是装备精良,完全可以再去和那荒野进行一番较量了。'啊!我永远,永远也不可能再遇到这样一个人了。你应该听他给你念几首诗——还是他自己的诗,他告诉我是他自己写的。诗!'回想起那些愉快的情景,他止不住两眼滴溜溜直转,'哦,他大大充实了我的思想!''再见。'我说。他和我握握手就消失在夜色中了。有时候我问自己,我到底是否真见到过他呢?是否真有可能见到过这么一个奇人!……

"当晚午夜刚过,我忽然醒来,马上想起了他的那番警告,在那繁星满天的黑暗之中,那警告所包含的危险似乎显得颇有几分可信之处,我不得不决定爬起来,到各处去听听风声。那边的小山上燃着一堆篝火,原贸易站房后的一个拐角处被照得暗一阵亮一阵的。一个公司代理人带着我们的几个黑人在放哨,他们因此都拿着武器,守卫在象牙旁边。可是在那边的树林深处,摇曳不定的红光,在四周乱立着的形似巨大廊柱的浓稠黑暗之中,好似一忽儿出现在地面,一忽儿又钻入地下,表明那里正是库尔茨先生的那些崇拜者的营帐所在,他们正带着不安的心情在通夜守望。一面大鼓发出的单调的隆隆声,使夜空中充满了被压抑着的巨响和经久不息的震颤。从那漆黑的、望去平如墙壁的森林那边,传来许多人各自念诵着某种奇怪咒语的嗡嗡声,有如从蜂房中传出来的一直不停的群蜂营营,对我的尚未完全清醒的神志竟产生了一种奇特的麻醉效果。我相信我当时倚在船边的栏杆上已经睡着了,直到最后,一阵突然爆发的叫喊声,一种长期被压抑着的神秘的愤怒突然爆发,让我在无限惊异中惊醒过来。这声音马上又停止了。而那低沉的嗡嗡声却仍然继续着,使人感到那仿佛是一种安抚人心的、可以听得见的寂静。我随便朝那间小舱房里看了一眼。屋里燃着一盏灯,可是库尔茨先生不在了。

"要不是我当时根本不相信自己的眼睛,我想我一定会发出一声惊叫来的。可是一开始我真是完全不相信,这似乎太不可能了。事实上我是被一种毫无内容的恐怖,一种纯抽象的、和任何明显的肉体上的危险毫无关系的恐怖给吓呆了。这种情绪所以能对我产生如此巨大的力量,是由于我受到了一种——我应该称它什么呢?——精神上的震惊,仿佛有人把一件无比怪异、人的思想所无法容忍、人的灵魂所万分厌恶的东西,忽然出乎意外地塞到了我的手中。自然这种感觉只不过延续了几分之一秒,紧接着就出现了那种普遍的、有关生死存亡的危险感,我甚至还感到很可能马上要出现一次大搏斗、大屠杀,或其他类似的情况,而这些,相比之下,我反倒十分欢迎,并觉得对我是一种安抚。事实上,正是这种情况使我立即定下心来,因而没有大声告警。

"有一个代理人穿着一件包得很严实的大衣,在甲板上离我不到三英尺远的一把椅子上睡着了。远处的叫喊声并没有把他惊醒,他轻轻打着呼噜。我让他仍然睡在那里,自己跳上岸去。我没有出卖库尔茨先生——上天让我永远不能出卖他——命中注定我必须忠于我所选择的噩梦。我急切地希望完全由我一个人单独去对付这个幽灵——直到今天我也还弄不清自己为什么会那样满心嫉妒,不愿让任何人来分享那次特别阴森可怕的经历。

"一爬上河岸,我就发现了一条可寻的足迹——草丛中的一条宽广的有人走过的痕迹。我还记得我当时十分高兴地对自己说:'他根本不能走路——他是用两手两脚在爬行——我等于已经抓到他了。'草上满是露水。我紧捏着拳头快速地大步向前走着。我想我当时一定还模糊想到,我已压在他身上,狠狠打了他一顿。现在我也说不清了。我一时间转了许多愚蠢的念头。那个织着毛线、抱着一只猫的老女人也闯进了我的记忆,这等时候,在这么一件事的另一端竟坐着这么一个人。我还看到一大排外来移民,从他们顶在髋部的温切斯特步枪里,把铅弹倾泻到对面的半空中去。我心想,我可能永远也不能再回到汽艇上去了,并且想象着,我将没有任何防身武器,长时间孤独地生活在那些树林里,直到老死。都是些这类愚蠢的念头,你们知道。我还记得,我把那鼓声和我心跳的声音也给弄混了,每当它有规律地停歇片刻的时候,我还感到十分高兴。

"我一直沿着那条道走去,有时停下来听听。那天夜色非常晴明,深蓝色的天空,闪烁着露滴和星光,到处一动也不动地立着一些黑色的东西。我仿佛觉得前面有点什么动静。那天晚上,我莫名其妙地对什么事都觉得胸有成竹。接着,我离开那条道儿,绕开去跑了大半个圆圈(我完全相信,我当时一定止不住暗笑了),这样我就可以跑到我见到的什么东西的前面去,如果我真见到什么的话。我得赶到前面去拦住库尔茨,好像我们正在做一个什么孩子游戏。

"我和他撞上了,要不是他先听到了我的脚步声,我很可能会绊倒在他身上了。可是他及时地站了起来。他又细又长,摇摇晃晃,模模糊糊地站在那里,像是从地下冒起的一股蒸汽,一声不响,浑然一团似的在我面前轻轻摇晃着。而在我身后的一些树林之间,一堆堆的篝火在燃烧,从树林深处还传来许多人说话的低沉的声音。我刚才非常机智地把他堵截住了。可当我实际挡在他面前的时候,我似乎忽然清醒了一些,更确切地体会到了我们所面临的危险。现在这危险还完全没有过去。他要是大叫起来呢?尽管他已经站都站不住了,可是在他的声音里却还蕴藏着相当大的力量。'走开——赶快藏起来。'他用一种深沉的声音说。那声音听来可怕极了。我向后望了一眼。我们离最近的一堆篝火不过三十码。一个黑色的影子站起来,迈开两条黑色的长腿,摆动着他的黑色的长胳膊在一排火光前面走动。他头上有两只角——我想是羚羊角。他是个术士或者巫师,这毫无疑问,可看来却真像魔鬼。'你知不知道,你这干的是什么事?'我低声问道。'完全知道。'他提高嗓音回答了这么几个字,那声音在我听来,似乎很遥远,但仍很响亮,好像是通过话筒发出的喊叫。我心里暗想,他要是闹起来,我们就全完了。很显然,现在不是动拳头的时候,更不用说,我压根儿也不可能下狠心去打那么个干瘪的骷髅——那么个到处流浪、受尽折磨的幽灵。'你这一去就从此完了,'我说,'彻底地完蛋了。'一个人,你们知道,有时就会那么忽然福至心灵。我这句话完全说在点子上了,虽然事实上,那时候他早已无可挽回地彻底完蛋了,但也正在这时,我们亲密关系的基础开始奠定下来,而且将长期存在下去,永远存在下去,直到最后——甚至还要更久。

"'我有许多庞大的计划,'他吞吞吐吐地喃喃说。'我知道,'我说,'可你要是喊叫,我就用这个砸烂你的头——'但在附近既找不到棍子也找不到石头,我于是改正我的话,'我就一下把你掐死。''我现在正要开始进行许多伟大的事业,'他请求说,那充满怀念之情的声调和迷惘的神情,使我不禁感到一阵透心凉,'再说,由于那个愚蠢的浑蛋——''不管怎样,在欧洲你的胜利已经是完全肯定了。'我毫不含糊地对他说。我当然并不想真掐死他,你们也了解,再说那样做实际也不会真有什么用处。我极力想打破那符咒——那荒野加之于他的沉重无声的符咒——的魔力,似乎正是它,想要通过唤醒他已被遗忘的兽性的本能,让他重新记起他过去的那种能够得到满足的魔鬼般的热情,把他拉入它无情的怀抱。我完全相信,正是那符咒驱使他走出房间,跑向这森林的边缘,跑向这丛林、这闪闪的火光、这隆隆的鼓声和这念诵着离奇咒语的嗡嗡声。正是那符咒引诱着他无法无天的灵魂,使它越出了人的灵感所能容许的限度。另外,你们有没有看到,当时我们所面临的危险还不只是可能吃一闷棍,尽管我当时也随时对这种危险百般警惕,而是这个,是我现在不得不跟这个人打交道,可我又没有办法以任何至高或至下的东西的名义来打动他的心。我甚至不得不跟那些黑人一样,只能求助于他——他自己——他自己那扬扬得意的、不可思议的堕落。天下没有任何东西在他之上或者在他之下,这一点我完全知道。他已经把地球从他的脚下蹬开了。这个该死的家伙!他已经把地球全给踢成碎片了。他完全遗世而独立,站在他面前,我都不知道自己是站立在地上还是飘浮在空中。我刚才已经告诉你们,我们说了些什么——重述了我们所讲过的一些话——可那有什么用呢?那不过都是些老生常谈,是大家在日常生活中互相交换的一些熟悉而又模糊的声音。那又怎样呢?在我看来,在这些话的背后,隐藏着我们在梦中听到的一些话语,在噩梦中说出的一些言语的可怕的暗示。灵魂!如果有任何人曾经和自己的灵魂进行过搏斗,那就是我。而我也并不是在和一个疯子争吵。不管你们相信不相信,他的神志肯定是完全清醒的——他的神志无比强烈地完全集中在他自己身上,这一点不假，然而却仍然是清醒的。我唯一的希望也就在这里——当然除了那会儿我当场把他弄死，但那样做也显然不好，因为那将不可避免地要发出一阵声响。可是他的灵魂却是发疯了。由于长时间孤独地待在荒野中，它曾进行过深刻的反省，哦，天哪！我告诉你们，它确实是疯了。我因此也不得不——我想也由于我自身的罪孽吧——忍受一切折磨窥测了它内心深处的隐秘。天下再没有任何动人的言辞，能比他最后一次真正的肺腑之言更能让人失去对人类的信心了。我看得出来，也听得出来，他也是正在跟他自己进行斗争。我看到了一个不知节制、没有信念、无所畏惧，然而却又盲目地跟自己进行着斗争的灵魂的不可思议的奥秘。我倒始终还能保持冷静的头脑，可是当我最后让他伸直身子躺在那张长榻上的时候，我擦了擦额头，两条腿竟止不住抖个不停,仿佛我刚才下山时背上背着半吨重的重载。而事实上,我只不过是搀扶着他,他的一只干瘦的胳膊搂在我的脖子上,而且他的体重已经和一个小孩子差不多了。

"第二天中午我们开始起航,大群大群的土人像流水一样从树林后面涌了出来,其实在那树木的帷幕后面我早已明确感到了他们的存在。于是顷刻间,那空地上,那附近的山坡上,到处都布满了裸着的、呼吸着的、颤动着的、青铜色的身躯。我把船向上游开过一段,然后向下游掉转头来,这时,两千只眼睛都紧盯着那个噼噼啪啪打着水转身的凶猛的水怪,用它的可怕的尾巴拍打着水,一口一口向空中吐出阵阵黑烟。在靠近河边头一排人的前面站着三个人,他们身上从头到脚涂满红色的泥土,不停地来回走动着。当我们的船又来到他们跟前的时候,他们转身面对河水,使劲顿脚,连连点动他们戴角的头,摇晃着红色的身子。他们向着那凶猛的水怪投来一捆黑色的羽毛、一张拖着尾巴的花纹斑驳的兽皮——那样子很像一个干枯的葫芦。他们一阵接一阵同声喊出一串串不似人语的离奇的话音,而那突然被打断的大片人群的低沉的喃喃声则像是根据某种对魔鬼的祷词做出的回答。

"我们把库尔茨抬进了驾驶间:那里空气更好一些。他躺在长榻上,总是呆呆地朝窗外观望着。岸上是打着旋涡的人流,那个头发像钢盔、面颊呈棕色的女人快步走出,一直来到了河边。她举起手来,大声嚷了几句什么,于是那狂野的人群马上一起跟着她发出一阵语音清晰的迅速而急促的吼叫。

"'你能听懂他们说的是什么吗?'我问道。

"他仍然睁着一双炯炯发光、充满怀念之情

的眼睛,越过我的身体朝远处观望着,脸上露出迷惘和怨恨相互交织的感情。他没有回答,可是我看见一丝微笑,一种含义不明的微笑,出现在他已经没有血色的嘴唇上,那嘴唇不一会儿就因抽搐而扭动了。'我怎么会听不懂?'他喘着气慢慢说,简直仿佛有一种什么超然的力量,勉强从他的嘴里掏出了那几个字。

"我拉了一下鸣笛的绳子,我之所以这样做,是因为看到甲板上那些外来移民都已经拿出枪来,摆好架势,准备好好取乐一番了。听到那猛然发出的一声尖叫,一种难堪的恐惧马上使得岸上的那个楔形队伍开始骚动了。'别拉!别把他们吓跑了。'甲板上不知是谁很不高兴地叫着说。我一次又一次次地拉响汽笛。他们马上散开,开始逃跑,他们跳跃着,弯着身子,东逃西窜,竭力逃避随着那声音飞来的恐怖。身上涂着红泥的那三个人脸朝下趴在河岸边,似乎已经中弹给打死了。只有那个既野蛮而又无比高贵的女人连眼皮也没眨一下,她隔着那条阴森的、闪光的河流,悲伤地向我们举起裸着的双臂。

"紧接着甲板上的那帮蠢材开始了他们的寻欢作乐的活动,但由于阵阵浓烟,我什么也看不见了。

"棕色的河水从黑暗深处匆匆流出,以两倍于上行时的速度,把我们送往海口。库尔茨的生命也在迅速流动,从他的内心深处流出,愈流愈远,愈流愈远,直流进无情的时间的海洋。经理看来十分平静,他现在再没有什么性命交关的忧心事了。他用一种意味深长的满意的眼神同时偷看了我们两人一眼:这'事情'的结果没法让他更满意了。我已看出,不要多久,我就会成为'不可靠方法'的唯一拥护者了。那些外来移民一直对我冷眼相看。我已经是,咱们姑且这么说吧,和那个死人一伙了。说来也真奇怪,我不知怎么就接受了这个完全不曾料到的伙伴关系,而且在这个遭到这帮下流、贪婪的鬼魅袭击的神秘土地上接受了这个强加于我的噩梦。

"库尔茨发表过不少宏论。声音!一个声音!它直到最后仍是那样地深沉。他曾经能够以宏伟辩才的帷幕掩盖住他心中的空洞无物的黑暗,而现在当他那种能力已完全消失的时候,那声音却依然存在。哦,他斗争过!现在,来往于他疲惫的头脑的废墟之上的仅只是憧憧魅影——那是财富和名声的幻影,奴颜婢膝地围绕着他尊贵而崇高且永远不会消失的辩才。我的未婚妻、我的贸易站、我的前途、我的主意——高尚的情操有时正可以借这些题目做偶然的吐露。那个真正的库尔茨的阴魂,还曾多次跑到这虚假、空洞的皮囊的睡榻边来探望,而这皮囊的命运将是很快被埋进这原始土地上的一个土丘。这个灵魂所曾探索过的种种神秘,既引起一种魔鬼般的热爱,也引起了非尘世所有的仇恨情绪,现在这爱和恨正在进行争夺,两方都企图占有这浸透各种原始情绪,热衷于虚假的名声、不光彩的荣誉,热衷于各种徒有其表的成功和权势的灵魂。

"有时他的孩子气简直让人觉得可厌。他梦想着当他从他打算成就一番伟大事业的某个无名的可怕的地方归来时,将会有许多帝王在车站列队迎候。'你只要让他们看到,你有个什么办法真能给他们赚钱,那他们就会无止境地承认你的才能,'他有时会说,'当然,你必须注意你的动机——动机要纯正——永远如此。'彼此毫无差异的一段段河道,一个又一个看来完全相同的单调的河湾,随同它们的已有几世纪之久的大片森林，从我们的船边滑过，耐心地观望着从另一个世界来到这里的这条泥船上的一帮人——变革、征服、贸易、屠杀和福音的先驱。我向前望着，一边驾着船。'关上那个窗子，'有一天库尔茨忽然说，'看到外面的情景，我实在受不了。'我把窗子关上。一阵沉默。'哦，可我还会要让你心碎的！'他对着看不见的荒野叫喊着说。

"我们的船坏了——这原是我早已料到的事——不得不在一个小岛的一角停下来进行修理。这次耽搁是让库尔茨的信心发生动摇的第一件事。有一天早晨，他给了我一包文件和照片，这些东西全用一根鞋带捆在一起。'替我把这点东西保存着，'他说，'那个该死的蠢材（指那个经理），只要我一转脸就能把我的箱子整个翻遍了。'那天下午我又去看他。他闭着眼睛仰身睡着，我就一声不响退了出来，但我却听到他在低声咕哝:'活得正派,死,死……'我仔细听着。可他没有再说下去。他是在睡梦中预习一次讲演,还是在念着从报纸上看到的一个文句呢?他一直在给报纸写文章,并且还打算再写:'为了向人们宣扬我的思想,这是一种责任。'

"他本身就是一种无法穿透的黑暗。我看着他的时候,简直像是从悬崖上观看着一个躺在那永远不见阳光的悬崖之下的人。可是我没有太多的时间去照顾他,因为我正帮着机械工人拆开漏气的汽缸,矫直连接杆,或干些其他类似的活儿。我每天都生活在一个乱七八糟的由铁锈、钢锉、螺母、螺栓、扳子、锤子、摇钻组成的地狱般的环境里——这些东西我全都非常厌恶,因为一切全都不顺手。我还照管着一个小锻造炉,我们很幸运,船上还有这套设备。除非累得两腿发颤,实在站不住了,我一直都在那堆可悲的破烂中拼命地工作。

"有一天晚上,我拿着一根蜡烛走进屋里去,却听到他用微微有些颤抖的声音说:'我现在是躺在这一片黑暗中等死。'这不免让我大吃一惊。我把蜡烛举到离他眼前大约一英尺的地方,强使自己低声回答说:'哦,别胡说了!'同时站在他的床边,完全呆住了。

"当时他脸上出现的变化,哪怕与这种变化略有点近似的情况,我也从来没有见到过,并且希望永远也不要再见到了。哦,我并非感到悲伤。我只是完全着魔了。仿佛是一块面纱忽然被人撕开了。我在他那象牙般的脸上看到了一种混合着阴沉的骄傲、无情的力量和胆怯的恐怖的表情——一种强烈的全然无望的表情。在那恍然大悟的决定性时刻,他曾细致地重温过自己的一生,连同一切欲望、诱惑和屈服吗?他耳语似的

对着某一神像、某种幻影发出叫喊——他一共叫了两声,那声音只不过像喘息一样微弱:

"'太可怕了!太可怕了!'

"我吹灭蜡烛,离开了那个小房间。那些外来移民正在食堂里吃饭,我也在经理对面坐了下来,他抬起头向我投来询问的眼光,我机智地给他来了个相应的不理。他安详地向后仰着身子,脸上带着他可以用来封住他那深不可测的下流心胸的特殊微笑。阵阵飞来的小苍蝇聚集在灯上、桌布上、我们的手上和脸上。忽然间经理的听差在门口伸进他那傲慢的黑脑袋,用一种刺耳的轻蔑的声音说:

"'库尔茨先生——他死了。'

"所有的外来移民都跑出去观看。我一动没动,仍继续吃我的饭。我相信他们一定认为我像畜生一样冷漠无情。但不管怎样,我倒是吃得很少。屋里有一盏灯——你们知道,有那么一点光亮——外边到处是他妈的一团漆黑。我再也没有走近那个非同一般的人物,他可是对他自己的灵魂在这个地球上所进行的一切冒险活动做出了自己的判断。那声音已经不存在了。此外又还曾有过什么呢?可是我当然知道,第二天,那些外来移民在一个满是泥浆的地洞里,埋进了个什么东西。

"而且他们差点连我也给埋掉了。

"可是,你们也看得出来,我没有马上就跟库尔茨去。我没有去。我仍然留下来要做完那个噩梦,再次表现一点我对库尔茨的忠诚。命中注定。我命中注定了的!生活实在是个滑稽可笑的玩意儿——无情的逻辑做出神秘的安排竟然只为了一个毫无意义的目的。你能希望从中得到的最多也不过是对你自己的某些认识——而它又来得太晚，因而只不过是一种难以消解的悔恨。我曾经和死亡进行过搏斗。这是你所能想象到的一种最无趣味的斗争。那是在一片无法感知的灰色的空间进行的，脚下空无一物，四周一片空虚，没有观众，没有欢呼声，没有任何光荣，没有求得胜利的强烈愿望，也没有担心失败的强烈恐惧，在一种不冷不热、充满怀疑的令人作呕的气氛中，你既不十分相信自己的权力，同时也更不相信你对手的权力。如果这就是最高智慧的表现形式，那么生命必定是一个比我们某些人所设想的更为神秘得多的不解之谜。我当时等于已经得到了说出我的一切想法的最后机会，可是我十分羞愧地发现，我恐怕根本没有什么话可说。这就是我肯定库尔茨是个非同一般的人物的原因。他有他自己的话要说，而且他说出了他要说的话。因为我自己曾走到那边缘上去向外探望，所以我能更好地理解他那无力看见眼前的烛光却又宽广得足以包容整个宇宙的呆滞的目光所包含的深意,那目光的锐利完全足以穿透一切在黑暗中跳动着的心。他总结了一切——他做出了判断:'太可怕了!'他确是个非同一般的人物。不管怎样,这是某种信念的表现。这里面有热情,有信心,在他那耳语般的声音中包含有颤抖着的反抗的呼号,它具有只让人偶一瞥见的真理的可怕的面容——一种欲望和仇恨的离奇的混合。我现在记得最清楚的并不是我当时所处的困境——一种没有明确形式、充满肉体痛苦的一片灰色的幻景和一种因看到一切事物甚至那痛苦本身都趋于幻灭而产生的冷漠的轻蔑。不!我所生活过来的似乎完全是他所处的困境。一点不错,他曾经跨出了他的最后一步,在我被允许收回我的犹豫不决的脚步的时候,他却跨出了那悬崖的边缘。也许整个差别就在这里。也许,一切智慧,一切真理,一切诚意,恰好全都包容在我们迈过那不可见的世界的门槛时那无比短暂的片刻之中。也许是!我常想,我的总结不应该仅是一句表示冷漠的轻蔑的言辞。他的叫喊显然更好——好得多。这表明了一种肯定的态度,一种道义上的胜利,这胜利是以无数的失败、可厌的恐惧和可厌的得意心情作为代价的。可它仍然是一个胜利!这就是我直到最后,甚至不止最后,比如很久以后在我又一次听到一个声音,不是他本人的声音,而是由一个像水晶山崖般半透明的纯洁的灵魂向我投来的宏伟辩才的回声的时候,我始终仍忠于库尔茨的原因。

"不,他们没有把我埋葬掉,尽管我十分惊诧地模糊记得有那么一段时间,我仿佛穿过了一个不可思议的既无希望也无欲望的世界。我终于发现自己又回到了那个坟墓城，怀着无比厌恶的心情观看着所有的人匆匆从大街上跑过，目的不过是去偷盗彼此几个小钱，去吞下他们那点恶心的饭食，去喝下他们的几杯不卫生的啤酒，去做他们的毫无意义的愚蠢的梦。他们干扰着我的思想。他们是些捣蛋鬼，由于我感到他们肯定不可能知道我所知道的许多事情，他们对生活的知识，我认为全不过是些令人恼怒的欺人之谈。他们的神态，虽说实际不过是深信一切平安无事、各干自家营生的普通人的神态，却也让我十分反感，因为那颇像是站在巨大危险面前的一头蠢猪，只由于自己根本不能理解危险的存在，还在那里扬扬自得。我并不想走过去教导他们几句，可是我真有点忍不住，想要对着这些自以为了不起的蠢材纵声大笑。我敢说，我当时的身体情况不是很好。我在街上到处乱窜——有许多事情要办——常忍不住对一些十分可敬的人物嗤之以鼻。我承认我的行为是不可原谅的,可是在那些日子里,我的体温几乎很少有正常的时候。我亲爱的姨母一直想给我养养元气,而事实上似乎全不相干。当时的情况并不是我的元气需要养一养,反倒是我的想象力需要安抚一番。我一直保存着库尔茨给我的那捆信件,不知道到底该拿它怎么办才好。他妈妈不久前已经死去了,我听说她原来一直靠他的未婚妻照顾。一个脸刮得很光、戴一副金边眼镜的男人,有一天摆出一副官员的架势,前来拜访我,对我提出了许多问题,一开头说话老是拐弯抹角,后来更客客气气地逼问我他称之为'文件'的一些东西的下落。我当时并不吃惊,因为我已经为这个问题和那个经理发生过两次争吵了。我已明确拒绝交给他那包东西中的任何一张纸片,现在对这个戴眼镜的人我也仍是这个态度。最后他摆出一副凶神恶煞的样子对我进行威胁,愤怒地争辩说,公司有权获得关于它的'领地'的一切情报。他还说:'由于库尔茨先生的伟大的才能和他置身其中的那种环境的艰苦情况,他对于那个未曾经人探索过的地区的知识必然非常全面,而且具有特殊价值,因此——'我明确告诉他,库尔茨先生的知识,不管多么全面,和商业问题或者公司的管理问题完全没有关系。接着,他又提出科学研究这个大题目来。'这将是一个无法估量的损失,如果……'等等。我把关于'肃清野蛮习俗'问题的报告交给他,事先扯掉了最后的补充说明。他急切地接过去,可最后却带着一副轻蔑的神情对着它嗤了几下鼻子。'我们认为我们有权得到的不是这个。'他说。'那就不用想得到任何别的东西了,'我说,'剩下的都是些私人信件。'他威胁着要到法院告我，然后就走了，我从此再也没有见到过他。可是两天之后，另外一个人自称是库尔茨的表兄，又来找我，他急于想知道他这位亲爱的表弟临死时候的具体情况。无意之间，他让我了解到，库尔茨原本是一位伟大的音乐家。'本来他很快就可以一举成名了。'那个人说，一头灰色的长头发披在一圈油光光的大衣领子上，我相信他准是一位风琴手。我没有理由怀疑他所讲的话，可是直到今天我也仍然说不清库尔茨的职业到底是什么，或者他到底有没有过固定的职业，他最大的才能又是什么。我曾经把他看作是一个有时给报纸写写文章的画家，或者是一位能绘画的记者，可是甚至他这位表兄（他在和我谈话时一直吸着鼻烟）也无法明确地告诉我，他过去究竟是干什么的。他是一位无所不包的天才，在这一点上我完全同意那位老伙计的意见。谈到这里，他在一方很大的棉布手绢上呼噜噜使劲擤了一下鼻子，然后带着老年人的激动心情告别走了，顺便带走一些毫无价值的家人之间的信件和一些笔记。最后，一位急于想知道他的'亲爱的同事'的命运的记者也来了。这位客人告诉我，库尔茨的正当职业，应该说是'站在人民一边'进行政治活动。他长着一对毛乎乎笔直的眉毛，支棱着的头发剪得很短，用一副很宽的带子拴着一副眼镜，因一时谈得高兴，竟对我说库尔茨实际上根本不会写什么文章——'可是天哪，那个人可真能讲话。他曾经让许多庞大的集会完全为他倾倒。他有信心——你瞧见没有？——他有坚强的信心。他可以让自己对什么都相信——不管什么东西都行。他完全可以在一个极端主义的党派里做一位了不得的领导人的。''你说什么党派？'我问道。'任何党派都成，'那人回答说，'他是一个——一个——极端主义者。'我是否也那样认为？我表示同意。他忽然又十分好奇地问我知道不知道'他到底是在什么力量的引诱下跑到那边去的？''我知道的。'我说，马上递给他那份著名的报告，希望他，如果认为合适，就拿去发表。他匆匆看了几眼，嘴里不停地咕哝着：'能行。'于是就拿着这份战利品匆匆走了。

"这样一来，最后我就只剩下为数不多的一捆信和那姑娘的一张照片了。她的样子我看着很漂亮——我是说她的表情很美。我知道人也可以有办法让阳光撒谎，可是现在你感到，不论你如何摆弄光线或摆弄她的姿态，似乎也都不可能在她的面容上装点出那么一副微妙的诚恳淳朴的神态。她似乎已准备好在思想上毫无保留、无所怀疑、彻底放弃对自己的任何考虑来安心倾听。我最后决定，我一定要去找她，亲自把那些信件和她的那张照片交给她。由于好奇吗?是的。可也许是由于别的一些感情。曾经属于库尔茨的一切:他的灵魂,他的肉体,他的贸易站,他的各种计划,他的象牙和他的前途,都经过我的手了结了。现在就剩下对他的记忆和他的未婚妻了,我愿意把这些也全交出去,交给过去,在某种意义上说,由我亲自把他尚留在我身边的一切交给实际上是我们所有人的共同命运的那最后两个字——遗忘。我无意为自己辩护。我自己究竟真需要什么,我毫无明确概念。也许那只是下意识的忠诚思想唤起的一种冲动,或者是那隐藏在人生现实中的某种具有讽刺意味的必然性的具体体现。我不知道。我也说不清楚。可是我去了。

"我原以为对他的记忆,也一定像在每个人的一生中慢慢聚集起来的那些对死者的记忆一样——不过是一些迅速掠过并最终归于消失的影子投在人的头脑中的一些模糊印象罢了。可是当我来到那又高又大的大门前，站在那由两排高大的房子组成的、像精心管理的墓地上的甬道一样宁静而又堂皇的街头的时候，我却看到了一个幻象，看到他躺在担架上，贪婪地张开大嘴，似乎要把整个地球连同地球上的人类一起吞下去。他当时在我眼前又活了起来，完全和他过去活着的时候一样地活着——一个无厌地贪求光辉的外貌、探索着可怕的现实的影子，一个比夜的影子更黑的影子，雍容华贵地披着令人眼花缭乱的辩才的外衣。这个幻景似乎和我一起走进屋里去——包括那担架、那鬼影一般的人伕、那由一些绝对服从他的崇拜者组成的狂野的人群、那昏暗的森林、那延伸于两个迷茫的河湾之间的闪光的河道，以及那鼓声、那像心脏——被征服的黑暗的心脏——跳动般沉闷且有规律的鼓声。这正是那荒野获得重大胜利的时刻,这是一种侵略和报复性的冲击,而我仿佛感到,为了挽救另外一个灵魂,我一定得独自把它反击回去。我对他在那边很远的地方说过的一些话的记忆,他曾讲过的那些断断续续的言辞,现在,随同在我背后、在一片火光中、在容忍一切的森林里活动着的带角的形象,以其不祥的、令人可怕的纯朴又一次在我的身边震响。我记起了他那低声下气的请求,他的荒唐可悲的威胁,他的规模巨大的邪恶欲望,以及他灵魂中的卑下、煎熬和暴风雨般的痛苦。过不多久,我似乎又看到了他强打起精神的愁苦神态,那一天他曾对我说:'所有这些象牙实际都是我的,公司没有为它付一文钱,是我冒着极大的生命危险去搜罗来的。我恐怕他们将来一定会把这些象牙说成是属他们所有。哼!这是一个打不清的官司。你认为我应该怎么办——

抵抗？嗯？我只不过是要求公道罢了。'……他只不过是要求公道罢了——只不过要求公道。我在二楼一个红木门前按了按门铃，而当我站在那里等待的时候，他却似乎从窗子里面呆呆地望着我——用他拥抱着同时又谴责和厌恶整个宇宙的无比广阔的眼神呆呆地望着我。我似乎听到他在低声喊叫着：'太可怕了！太可怕了！'

"这时天已经黑下来。我得在一个高大的会客室里等待着，这会客室有三个从顶棚直通到地面的长窗子，看上去很像三根用布幔遮着的光亮的大柱子。屋里家具的闪着金光的曲腿和椅背，在眼前呈现出一些轮廓不清的曲线。高大的大理石的壁炉，显露出纪念碑似的冷漠的白色，屋子的一角蹲着一架大而不当的三角钢琴。它平整的表面闪耀着黑色的光亮，那样子简直像一口深黑色的磨光的石棺。一扇高大的门打开又关上了。

我站了起来。

"她向前走来,一身黑色的衣服,淡淡的头发,在黑暗中向我飘了过来。她仍然十分悲伤。现在离他死去的时候,或者说,自从他死的消息传来,已经有一年多了,可是她那样子却似乎将永远记住这件事,永远悲伤下去。她抓住我的双手,低声说:'我早听说你要来了。'我注意到她已经不很年轻——我是说已经不是一个小姑娘。她在忠诚待人、坚守信仰和忍受痛苦方面,都具有一个很成熟的人的能力。屋里显得越来越暗,仿佛那个阴郁的黄昏的凄凉光线都聚集在她的额头上了。这淡淡的头发,这苍白的脸,这纯真的眉宇,似乎被一个灰色的光环环绕着,而那双黑色的眼睛,则透过那光环在向我观望。她的眼光是那样朴实、深刻、诚恳、和善。她高昂着悲伤的脸,仿佛正对她自己的悲愁感到自豪,又似乎在说,我——只有我知道,如何恰如其分地对他进行悼念。可是,就在我们正握着手的时候,一种可怕的凄凉神态已出现在她的脸上,使我感到,她正是那种决不肯做时间玩物的那一类人物。对她来说,他只不过是昨天才死去。哦,天哪!她给予我的这个印象是那样地强烈,以致我似乎也感觉到,他只不过是昨天才死去——不,就在刚才才死去的。我在同一瞬间看到了她和他——他的死亡和她的悲伤——我看到了他临死时她的悲伤。你们理解吗?我看到他们俩在一起,我听到他们俩在一起。她刚才泣不成声地说:'我可一直还活着。'而我的注意倾听着的耳朵,却似乎——在她的充满绝望和悔恨的语调中——清楚地听到了他发出永恒诅咒的那声总结性的叹息。我问我自己究竟到那里干什么去了,因为我心中感到无比恐怖,仿佛我无意中闯进了一个非人所宜见的充满残酷而荒唐的神秘的处所。她挥挥手让我在一张椅子上坐下。我们俩都坐了下来。我把那包东西轻轻放在一张小桌子上,她把她的手放在上面……'您很了解他。'她伤心地沉默了片刻之后喃喃说。

"'在那种地方亲密关系发展得很快,'我说,'我对他的了解,可以说不亚于任何两个人之间可能有的了解。'

"'您也非常崇拜他吧,'她说,'了解他而不崇拜他,是根本不可能的,是不是这样?'

"'他是一个非同一般的人物。'我并非很坚定地说。随后,由于看到她的祈求的眼神呆望着我,似乎正等待着更多的言辞从我嘴里流出,我只得又接着说:'了解他的人谁也不可能不——'

"'爱他。'她急切地替我把话说完,使我不禁惊愕地呆住了,'太对了!太对了!可是您想

一想，谁也不能像我一样了解他！我已经完全得到了他高尚的信赖。我比谁都更了解他。'

"'您比谁都更了解他。'我重复着她的话。也许她真是那样。可是随着我们所讲的每一句话，房间里越来越暗了，只有她的光滑、白皙的额头仍然被永远不会熄灭的信念和爱的光辉所照亮。

"'您曾经是他的朋友，'她接着说，'他的朋友，'她声音更大一些地重复说，'既然他把这东西交给您，并让您来见我，那您就一定是他的朋友。我感到我可以和您谈谈，哦！我一定得畅快地说一说。我要让您——您这个曾听到他临终遗言的人——了解，我是完全对得起他的……这不是骄傲问题……是的！我是很骄傲，因为我知道我比地球上任何人都更了解他，他自己也对我这样说过。可自从他妈妈死去以后，我就没有一个

人——没有一个人——可以——可以——'

"我静听着。夜色越来越浓了。我甚至不能完全肯定,他给我的那包东西有没有弄错。我十分怀疑,他要我保管的会不会是另一包文件,也就是在他死后我看到经理曾在那盏油灯下仔细检查过的那包。那姑娘不停地谈着,十分肯定我对她的同情,并以此来安抚她自己的痛苦。她如饥似渴地谈着她和库尔茨订婚的事,我听说她家里的人全都不赞成。因为他太穷或别的什么原因。真的,我说不清他是否一生都十分穷苦。他使我有理由相信,主要是由于不能忍耐那比较贫困的生活,他才跑到那边去的。

"'……凡是听到他谈过一次话的人,谁能不和他交上朋友呢?'她继续谈着,'他依靠他所具有的最高尚的品德把人吸引到他身边来。'她非常严肃地看着我,'这是一位伟大人物的天赋。'

她接着说,而这时似乎还有各种各样其他的声音伴随着她那低沉的话语声,也就是我曾听到过的那些充满神秘、凄凉和悲愁的声音——河水的淙淙声,在微风中摇动着的树叶的飒飒声,人群的嗡嗡声,从远处传来的无法理解的叫喊的微弱回声,以及从永恒的黑暗那边飘来的耳语般的话语声。'可是您听他讲过话!您知道!'她大声叫着说。

"'是的,我知道。'我说,心里出现了某种绝望的感情,但同时又对她所具有的信念,对那个伟大的、具有实际效用的幻景表示无上崇敬,那幻景正以非尘世所有的光彩照亮那片黑暗,那正为自己的胜利庆幸的黑暗,而在这黑暗面前,我完全没有能力保卫她,甚至也不能自卫。

"'对我来说——对咱们来说,'她显得十分慷慨地改正自己的话说,'这是多么大的损失!'

但接着她又低声说,'对整个世界来说,也是如此。'靠着那黄昏仅剩的一点余光,我可以看到她闪闪发亮的眼睛里充满了泪水——一直不肯滴下的泪水。

"'我曾经非常幸福,非常幸运,非常骄傲,'她接着说,'太幸运了。在很短的一段时间中也太幸福了。可我现在却是非常不幸——永生的不幸。'

"她站了起来,她的淡淡的头发似乎把黄昏的余晖全都收集起来,因而显得金光闪闪。

"'而所有这一切,'她悲伤地继续说,'所有他的诺言,所有他的伟大,他的博大的思想,他的高贵的心,现在却没有任何东西留下了——什么也没有留下,只除了一点记忆。您和我——'

"'我们将会永远记得他的。'我有些犹豫地说。

"'不!'她大叫着说,'这一切全都归于消失是不可能的,这样一个人的生命在已牺牲之后会什么都不留下,只剩下一点悲哀,这是不可能的。您知道他曾经有过多么宏伟的计划。那些计划我是知道的——我也许不完全理解——可是也有别的人知道。一定会有些什么东西遗留下来的。至少,他所讲的话并没有完全死去。'

"'他的话将会永远留在人世。'我说。

"'还有他所树立的榜样,'她仿佛自言自语地低声说,'所有的人都非常推崇他,他的每个行动都闪耀着他的善良的光辉。他的榜样——'

"'一点不错,'我说,'还有他的榜样。是的,他的榜样。我把那个给忘了。'

"'可是我没有忘。我不能——我不能相信——现在还不能。我不能相信,我永远再也见不到他了,任何人都再也见不到他了,永远,永

远,永远。'

"她举起她的胳膊,仿佛要拉住一个正从她面前退走的人,两臂因用力前伸而失去颜色,在窗口愈来愈暗的狭窄的光亮中只看到她交握着的一双苍白的手。永远再见不到他!我当时就非常清楚地看见他了。只要我还活着,我将永远看见这个能言善辩的幽灵,同时我还会看见她,一个悲伤的、我十分熟悉的魂灵。她现在这姿态和另外一个同样也很悲伤的女人的姿态就十分相似,那女人曾浑身佩戴着全然无用的符咒,在那地狱的河流——黑暗之流的闪光中,伸出她的光着的棕色的双臂。这时她突然声音很低地说:'他像他活着一样光辉地死去了。'

"'他最后的结束,'我说,一种说不出的愤怒在我心中激荡,'不论从哪方面来说,都无愧于他的一生。'

"'可是我没有在他的身边。'她低声说。一种无限的同情立即压住了我的怒气。

"'一切我能够做的事情……'我咕哝着说。

"'啊,可是我对他的信仰超过了世上任何人,超过了他的母亲,超过了——他自己。他需要我!我!他的每一声叹息、每一个字、每一个手势、每一个眼神,我都将无比珍惜。'

"我感到心里一阵冰凉。'请不要。'我用一种压抑着的声音说。

"'请原谅我。我——我——多少日子以来,我都默默无声地过着悲痛的生活——默默无声……您是和他在一起的——一直到最后?我常想到他当时的孤独。没有一个像我一样理解他的人在他的身边。也许没有任何人去听着……'

"'一直到最后。'我回答说,声音有些发抖。'我听到了他所说的最后一个字……'我忽然恐惧地呆住了。

"'说给我听听,'她用一种令人心碎的声音低声请求着,'我需要——我需要——有点什么——什么东西——让我——让我可以靠它活下去。'

"我几乎忍不住要对她大叫一声:'您自己听不见吗?'眼前的黑暗正以一种坚定的耳语声在我们的四周重复着他的话,而且完全像刚刚刮起的微风的第一声耳语,似乎正威胁着要越变越大了:'太可怕了!太可怕了!'

"'他最后的一句话——依靠它活下去,'她坚持说,'您难道不明白我爱他——我爱他——我爱他!'

"我勉强打起精神来,缓慢地说:

"'他所说的最后一个字是——您的名字。'

"我听到一声轻微的叹息,紧接着我的心完

全停止了跳动。一声无比欢欣而又十分可怕的喊叫,一声表明不可思议的胜利和无法诉说的痛苦的喊叫,使我的心完全停止跳动了。'我知道——我肯定就是这样的!'……她知道。她可以肯定。我听到她在哭泣,她用双手捧住了自己的脸。我仿佛感到,不等我来得及逃出去,整个这间房子就会完全坍下来,天也会直接塌下来压在我的头上了。可是什么事也没有发生。天不会为这点小事塌下来的。我不知道,如果我让库尔茨得到了他应该得到的那点公正,那天就会塌下来吗?他不是曾说过,他所需要的只是公正吗?可是我不能那样做。我不能告诉她,那未免太阴暗了——整个儿都太阴暗……"

马洛停止了,他形象模糊、沉默地单独坐在一边,那样子完全像入定的菩萨。有好一阵,谁也没有动。"退潮早已开始,我们都快错过时间了。"船长忽然说。我抬起头来。远处的海面横堆着一股无边的黑云,那流向世界尽头的安静的河流,在乌云密布的天空之下阴森地流动着——似乎一直要流入无边无际的黑暗深处。

约瑟夫·康拉德年表

1857年
12月3日,康拉德(原名特奥多·约瑟夫·康拉德·科尔泽尼奥夫斯基)出生于沙俄统治下的别尔季切夫(今属乌克兰)。其父是一位波兰爱国诗人,翻译过莎士比亚和雨果的作品。

1862年
父亲被流放到俄罗斯北部的沃洛格达,康拉德和母亲同往。

1865年
母亲死于肺结核。

1867年
患有肺结核的父亲获准居住在加利西亚。与父亲相处的几年时间里,康拉德阅读了大量文学作品。

1869年
父亲在克拉科夫去世。康拉德的舅舅成为他的监护人。

1874年
对学校感到厌恶的康拉德前往马赛,成为一名海员。

1878年
因债台高筑,康拉德试图自杀,未遂,后康复。4月,加入英国商船队。6月,他在英国洛斯托夫特上岸。这是康拉德第一次登陆英国,当时他几乎不会说英语。

1880年
通过二副考试。

1884年
通过大副考试。

1886年
8月,入英国籍。三个月后,通过船长考试。

1888年
在"奥塔戈"号上,因为船长去世,康拉德第一次接任船长。

1889年
在泰晤士河附近租了一间房,一边等待航行,一边开始写作《阿尔迈耶的愚蠢》。

1890年
刚果之行。后来以这次经历创作了名著《黑暗的心》。

1894年
舅舅去世,康拉德继承了约1600英镑的遗产,他的海上生活也随之结束。

1895年
《阿尔迈耶的愚蠢》出版,开始使用约瑟夫·康拉德作为笔名。

1896年
《海隅逐客》出版。康拉德与打字员杰西·乔治完婚。两人育有二子。

1897年
《"水仙号"上的黑水手》出版。康拉德结识斯蒂芬·克莱恩。

1898年
康拉德结识福特·马多克斯·福特和亨利·詹姆斯。开始创作《黑暗的心》。

1899年
《黑暗的心》在《布莱克伍德杂志》连载。

1900年
《吉姆爷》出版。

1902年
《青春》出版,收录《青春》《黑暗的心》《走投无路》三篇小说。
《台风》在纽约出版。

1904年
《诺斯特罗莫》出版。

1907年
《间谍》出版。

1910年
《在西方的注视下》完稿,身心崩溃,一连几个月什么事都不能做。

1911年
《在西方的注视下》出版。

1914年
《机缘》出版,康拉德名利双收。

1917年
《阴影线:一部自白》出版。

1919年
《金箭》出版。

1923年
康拉德拒绝了剑桥的荣誉学位。

1924年
5月,康拉德拒绝骑士头衔。
8月3日,心脏病发作去世,葬在坎特伯雷。

无界文库

001	悉达多	[德]赫尔曼·黑塞 著	杨武能 译
002	局外人	[法]阿尔贝·加缪 著	李玉民 译
003	变形记	[奥]弗朗茨·卡夫卡 著	李文俊 译
004	窄门	[法]安德烈·纪德 著	李玉民 译
005	瓦尔登湖	[美]亨利·戴维·梭罗 著	孙致礼 译
006	罗生门	[日]芥川龙之介 著	文洁若 译
007	雪国	[日]川端康成 著	高慧勤 译
008	红与黑	[法]司汤达 著	王殿忠 译
009	漂亮朋友	[法]莫泊桑 著	李玉民 译
010	地下室手记	[俄]陀思妥耶夫斯基 著	刘文飞 译
011	简·爱	[英]夏洛蒂·勃朗特 著	宋兆霖 译
012	老人与海	[美]欧内斯特·海明威 著	孙致礼 译
013	傲慢与偏见	[英]简·奥斯丁 著	孙致礼 译
014	金阁寺	[日]三岛由纪夫 著	陈德文 译
015	月亮与六便士	[英]威廉·萨默赛特·毛姆 著	楼武挺 译
016	斜阳	[日]太宰治 著	陈德文 译
017	小妇人	[美]路易莎·梅·奥尔科特 著	梅静 译
018	人类群星闪耀时	[奥]斯蒂芬·茨威格 著	潘子立 译

019	我是猫	[日]夏目漱石 著	竺家荣 译
020	伤心咖啡馆之歌	[美]卡森·麦卡勒斯 著	李文俊 译
021	伊豆的舞女	[日]川端康成 著	陈德文 译
022	爱的饥渴	[日]三岛由纪夫 著	陈德文 译
023	假面的告白	[日]三岛由纪夫 著	陈德文 译
024	白夜	[俄]陀思妥耶夫斯基 著	郭家申 译
025	涅朵奇卡	[俄]陀思妥耶夫斯基 著	郭家申 译
026	带小狗的女人	[俄]契诃夫 著	沈念驹 译
027	狗心	[苏]米哈伊尔·布尔加科夫 著	曹国维 译
028	黑暗的心	[英]约瑟夫·康拉德 著	黄雨石 译
029	美丽新世界	[英]阿道斯·赫胥黎 著	章艳 译
030	初恋	[俄]屠格涅夫 著	沈念驹 译
031	舞姬	[日]森鸥外 著	高慧勤 译
032	一个孤独漫步者的遐想	[法]让-雅克·卢梭 著	袁筱一 译
033	欧也妮·葛朗台	[法]巴尔扎克 著	傅雷 译
034	高老头	[法]巴尔扎克 著	傅雷 译
035	田园交响曲	[法]安德烈·纪德 著	李玉民 译
036	背德者	[法]安德烈·纪德 著	李玉民 译
037	鼠疫	[法]阿尔贝·加缪 著	李玉民 译
038	好人难寻	[美]弗兰纳里·奥康纳 著	于是 译
039	流动的盛宴	[美]欧内斯特·海明威 著	李文俊 译
040	一个青年艺术家的画像	[爱尔兰]詹姆斯·乔伊斯 著	黄雨石 译
041	太阳照常升起	[美]欧内斯特·海明威 著	吴建国 译
042	永别了,武器	[美]欧内斯特·海明威 著	孙致礼 周晔 译

编号	书名	作者	译者
043	理智与情感	[英]简·奥斯丁 著	孙致礼 译
044	呼啸山庄	[英]艾米莉·勃朗特 著	孙致礼 译
045	一间自己的房间	[英]弗吉尼亚·伍尔夫 著	步朝霞 译
046	流放与王国	[法]阿尔贝·加缪 著	李玉民 译
047	巴黎圣母院	[法]维克多·雨果 著	李玉民 译
048	卡门	[法]梅里美 著	李玉民 译
049	伪币制造者	[法]安德烈·纪德 著	盛澄华 译
050	潮骚	[日]三岛由纪夫 著	唐月梅 译
051	了不起的盖茨比	[美]F.S.菲茨杰拉德 著	吴建国 译
052	夜色温柔	[美]F.S.菲茨杰拉德 著	唐建清 译
053	包法利夫人	[法]居斯塔夫·福楼拜 著	罗国林 译
054	羊脂球	[法]莫泊桑 著	李玉民 译
055	一个陌生女人的来信	[奥]斯蒂芬·茨威格 著	韩耀成 译
056	象棋的故事	[奥]斯蒂芬·茨威格 著	韩耀成 译
057	古都	[日]川端康成 著	高慧勤 译
058	大师和玛格丽特	[苏]米哈伊尔·布尔加科夫 著	曹国维 译
059	禁色	[日]三岛由纪夫 著	陈德文 译
060	鳄鱼街	[波兰]布鲁诺·舒尔茨 著	杨向荣 译
061	呐喊	鲁迅 著	
062	彷徨	鲁迅 著	
063	故事新编	鲁迅 著	
064	呼兰河传	萧红 著	
065	生死场	萧红 著	
066	骆驼祥子	老舍 著	

067	茶馆		老舍 著
068	我这一辈子		老舍 著
069	竹林的故事		废名 著
070	春风沉醉的晚上		郁达夫 著
071	垂直运动		残雪 著
072	天空里的蓝光		残雪 著
073	永不宁静		残雪 著
074	冈底斯的诱惑		马原 著
075	鲜花和		陈村 著
076	玫瑰的岁月		叶兆言 著
077	我和你		韩东 著
078	是谁在深夜说话		毕飞宇 著
079	玛卓的爱情		北村 著
080	达马的语气		朱文 著
081	英国诗选	[英]华兹华斯 等 著	王佐良 译
082	德语诗选	[德]荷尔德林 等 著	冯至 译
083	特拉克尔全集	[奥]格奥尔格·特拉克尔 著	林克 译
084	拉斯克-许勒诗选	[德]拉斯克-许勒 著	谢芳 译
085	贝恩诗选	[德]戈特弗里德·贝恩 著	贺骥 译
086	杜伊诺哀歌	[奥]里尔克 著	林克 译
087	致俄耳甫斯的十四行诗	[奥]里尔克 著	林克 译
088	巴列霍诗选	[秘鲁]塞萨尔·巴列霍 著	黄灿然 译
089	卡瓦菲斯诗集	[希腊]卡瓦菲斯 著	黄灿然 译
090	智惠子抄	[日]高村光太郎 著	安素 译

091	红楼梦	[清]曹雪芹 著
092	西游记	[明]吴承恩 著
093	水浒传	[明]施耐庵 著
094	三国演义	[明]罗贯中 著
095	封神演义	[明]许仲琳 著
096	聊斋志异	[清]蒲松龄 著
097	儒林外史	[清]吴敬梓 著
098	镜花缘	[清]李汝珍 著
099	官场现形记	[清]李宝嘉 著
100	唐宋传奇	程国赋 注评
101	茶经	[唐]陆羽 著
102	林泉高致	[宋]郭熙 著
103	酒经	[宋]朱肱 著
104	山家清供	[宋]林洪 著
105	陈氏香谱	[宋]陈敬 著
106	瓶花谱 瓶史	[明]张谦德 袁宏道 著
107	园冶	[明]计成 著
108	溪山琴况	[明]徐上瀛 著
109	长物志	[明]文震亨 著
110	随园食单	[清]袁枚 著